U0041079

音速老師教你一口氣解決50項日文難題

朱育賢（Ken C） 著

目錄

第一章 文法篇

第二章 字彙篇

目錄

MEMO

音速老師教你：
一口氣解決 50 項日文難題！

01／我們要先學「動詞ます形」、還是先學「動詞原形」？── 日文的常體和敬體區別

問題

有些課本先教「動詞ます形」再教「動詞原形」，有些課本則是先教「動詞原形」再教「動詞ます形」，請問我該先學哪一種比較好呢？另外，這二者有什麼不一樣呢？

回覆

不只是學生，就連日文老師都會煩惱「到底要怎麼教比較好呢？」我們來討論一下這個問題：什麼是「動詞ます形」與「動詞原形」？
日文當中，隨著說話對象的不同，分爲二個系統：

「常体(じょうたい)」：對家人朋友說話時用的字詞，禮貌程度較低，「動詞原形」屬於此類。

「です、ます形(けい)（敬体(けいたい)）」：對上司長輩說話時用的字詞，禮貌程度較高，「動詞ます形」屬於此類。

例：

私(わたし)は学生(がくせい)です。→敬体(けいたい)
私(わたし)は学生(がくせい)だ。→ 常体(じょうたい)

花がきれいです。→敬体
花がきれいだ。→ 常 体

ご飯を食べます。→敬体
ご飯を食べる。→ 常 体

實際使用情境

現在我們知道了二者的差別，各位可以翻一下手邊的日文教科書，有沒有發現幾乎都是先教「です、ます体」、再教「常体」呢？
也就是說，我們會先學「私は学生です」再學「私は学生だ」、先學「私は行きます」再學「私は行く」。回到您的問題，大多數教科書都是先學「動詞ます形」、再學「動詞原形」，爲什麼呢？理由有二項：

① 發音方便

「動詞ます形」很容易發音，重音都是固定在「す」降下來，對於初學者來說，不用花時間去記住每個動詞的重音、是十分方便的事情。

例：

帰る（1 號音）→帰ります（4 號音）
行く（0 號音）→行きます（3 號音）
書く（1 號音）→書きます（3 號音）

文法 1-1

② 立即上手

對於初學者來說，在說日文時，無論對方是朋友、老師、學弟、上司，使用「動詞ます形」是最保險的方式。無論對方是誰，一律使用帶有敬意的「敬体（けいたい）」來說話，就能避免發生失禮的情況；而且如果不小心說錯話，使用「敬体（けいたい）」對方也比較不會生氣。

那麼缺點呢？當然也是有的。

① 查字典很痛苦

在字典上查到都會是「動詞原形」。無論紙本字典、電子辭典、網路字典，所收錄的字彙都是「動詞原形」。

因此，若是只學「動詞ます形」，基本上是無法查字典的，必須再多一道工法，想辦法將「動詞ます形」先轉換成「動詞原形」。對於初學者來說，查閱字典的頻率很高，那麼爲什麼不一開始就先學「動詞原形」，節省一些時間和精力呢？

② 動詞變化較容易卡住

比起將「動詞ます形」轉成「動詞原形」，將「動詞原形」轉成「動詞ます形」其實容易許多、不容易發生錯誤。

例：

かります→狩（か）る？借（か）りる？

たります→足（た）る？足（た）りる？

狩(か)る、借(か)りる→かります
足(た)る、足(た)りる→たります

此外，在學習日文動詞變化時，使用「動詞原形」也會容易許多。這一部分，可以參考下一章節「動詞て形記憶法」單元。

就結論而言，我們的建議是：

● 動詞的部分從「動詞原形」學起

原因一：方便查字典

原因二：之後學習動詞變化較容易

● 句型和其他詞類則從「です、ます形(けい)」學起

私(わたし)は朱(しゅ)です。**先學這個！**
私(わたし)は朱(しゅ)だ。
日本語(にほんご)が上手(じょうず)ですね！**先學這個！**
日本語(にほんご)が上手(じょうず)だね！

理由很簡單：「です、ます形(けい)」的使用頻率較高，當我們和初次見面的人對話時，使用「です、ます形(けい)」也較爲禮貌得體。

	禮貌程度	使用對象	例字
常体	禮貌程度低	用於家人、朋友、晚輩	食(た)べる。 学生(がくせい)だ。 おいしい。
です、ます体	禮貌程度較高	用於師長、上司、長輩、不熟的人	食(た)べます。 学生(がくせい)です。 おいしいです。

合適的教科書

→ 學習動詞 → 先記動詞原形 → 熟悉後再記動詞ます形

→ 學習其他詞類和句型 → 先學です、ます体 → 一陣子後再學常体

02/ 一分鐘記住「動詞て形」變化方式！

問題

我剛學日文不久，目前一些簡單的文法都沒有問題，但是學到「動詞變化」就有些混亂了，特別是「動詞て形」的變化很難記，請問有什麼方法可以快速記憶「動詞て形」的變化規則呢？另外，「動詞て形」常用在什麼時候呢？

回覆

日文的動詞變化的確是一大難關，由於中文的動詞並不會隨情境不同產生變化，因此對於我們來說，動詞變化是較難理解的部分。

「動詞て形」是剛開始學習日文不久後會碰到的第一項複雜動詞變化，許多同學往往也是在這裡喪失了信心。不過，「動詞て形」真的有這麼難嗎？

大部分教科書是這麼教的：

第一類動詞

「～きます、ぎます」→「～いて、いで」

「～みます、にます、びます」→「～んで」

「～ります、ちます、います」→「～って」

「～します」→「～して」

第二類動詞

「～ます」→「～て」

不規則動詞

「します」→「して」

「きます」→「きて」

可以看一下「第一類動詞」的部分，眞的是「很不規則」，幾乎沒辦法整理出規則來，看樣子只能死背了，不是嗎？

但是，沒有規則並不代表很難記憶，方法還是有的，可以參考我們的「獨家記憶法」：

第一類動詞

動詞原形「～く、ぐ」→「～いて、いで」

記憶口訣：行(い)く

例：書(か)く→書(か)いて。泳(およ)ぐ→泳(およ)いで。

動詞原形「～る、つ、う」→「～って」

記憶方法：見下圖，這三個假名中是不是都有小小的「つ」呢？

例：帰(かえ)る→帰(かえ)って。打(う)つ→打(う)って。買(か)う→買(か)って。

動詞原形「～む、ぬ、ぶ」→「～んで」

記憶口訣：在唸「む、ぬ、ぶ」的時候，有沒有發現喉嚨聲帶會強烈振動呢？當我們發「ん」鼻音的時候，也會產生強烈震動。

例：休(やす)む→休(やす)んで。死(し)ぬ→死(し)んで。飛(と)ぶ→飛(と)んで。

動詞原形「～す」→「～して」

記憶口訣：寿司(すし)

例：話(はな)す→話(はな)して。指(さ)す→指(さ)して

動詞分類	て形變化方式	口訣	例字
第一類動詞	く、ぐ→いて、いで	行く	書く→書いて 泳ぐ→泳いで
第一類動詞	る、つ、う→って	中間 都有「つ」	帰る→帰って 待つ→待って 迷う→迷って
第一類動詞	む、ぬ、ぶ→んで	發音時聲帶震動	読む→読んで 死ぬ→死んで 飛ぶ→飛んで
第一類動詞	す→して	寿司	指す→指して
第二類動詞	る→て		食べる→食べて

不規則動詞	する→して 来(く)る→来(き)て		

這樣記憶是不是容易多了呢？幾分鐘的時間就能記住「動詞て形」的變化方式，接下來只要再花一些時間練習，就能夠運用自如了。

接著，我們來談談關於「動詞て形」的使用方式。

「動詞て形」最主要的用法為「連接二個句子或二個動詞」。

例：

台風(たいふう)が来(き)て激(はげ)しい雨(あめ)が降(ふ)っている。

（颱風來了，雨下得非常大。）

彼女(かのじょ)は昼(ひる)コンビニでバイトして、夜学校(よるがっこう)に通(かよ)っている。

（她白天在便利商店打工，晚上去學校上學。）

從主要用法延伸，「動詞て形」也常用在以下二種情境：

① 表示時間先後順序

部長(ぶちょう)は昼食(ちゅうしょく)を済(す)ませて会社(かいしゃ)に戻(もど)ってきた。

（部長吃完午餐後回到公司。）

朝七時に起きて、顔を洗ってすぐ仕事に取り掛かった。

（早上七點起床，洗臉之後立刻開始工作。）

パソコンの電源を入れて、画面が映るまで待ちます。

（打開電腦，等待畫面出現。）

② 表示原因

このカメラは高くて買えない。

（這個相機太貴了買不起。）

今朝から頭が痛くて、勉強に集中できないのだ。

（從早上開始頭很痛，無法集中精神唸書。）

大学の合格通知をもらって、うれしくて涙が出た。

（收到大學的合格通知書，高興到眼淚都掉下來了。）

03／一分鐘了解「という」的各項用法！

問題

我想詢問一下「という」這項文法的用法，之前在課本中學過，助詞「と」表示引用，動詞「言う」則是「說話」的意思，因此「という」應該是「誰說了什麼話」，但是在日劇和雜誌上卻看到有不同用法。

例：

「The　Rose」という曲（きょく）、知（し）っている？

台北（たいぺい）だと、車（くるま）を買（か）う必要（ひつよう）がないという。

請問「という」到底有幾項用法呢？

回覆

無論在會話或文章中，「という」都是使用頻率相當高的詞彙，其用法大致可以分爲三種：

① 表示說話

② 表示解說

③ 表示傳聞

看起來有些複雜，不過其實並不難理解，我們依序進行解說。

① 表示說話

這是「という」的最基本用法，表示引用的助詞「と」加上動詞「言う」，表示「某人說了什麼話」之意。

例：

母（はは）は「早（はや）く起（お）きなさい！」と言（い）った。

（媽媽說：「快點給我起床！」）

私は「そんなことは知らない」と言った。
（我說：「那不關我的事」。）

先生は「授業で居眠りしたら追い出すぞ」と言っていた。
（老師說：「如果上課睡覺、我就把你趕出去！」）

補充一下，在口語會話中，有時會看到句尾單獨出現一個「と」，別懷疑，這和「という」也是有關係的，是口語中的省略用法：

主語為「我」的時候：表示「と思う（覺得～）」之意
主語為「他人」的時候：表示「と言う（說～）」之意

例：

近いうちに仕事を見つけるといいなと。
＝近いうちに仕事を見つけるといいなと思う
（如果能在近期找到工作就好了。）

給料がいいから、私はこの仕事を続けたいと。
＝給料がいいから、私はこの仕事を続けたいと思う。
（因為薪水不錯，因此我想繼續從事這份工作。）

社長は来月から給料を上げると。
＝社長は来月から給料を上げると言った。
（社長說下個月開始要加薪。）

両親はもうお小遣いをやらないと。
＝両親はもうお小遣いをやらないと言った。
（爸媽說之後不給我零用錢了。）

② 表示「解說」

一般會以「名詞＋という＋名詞」的方式使用，相當於中文「稱作～的～」，用來具體解釋前項的名詞，讓對方更容易了解。

例：

私は今「GTA」というテレビゲームにハマっている。
（我現在沉迷在「GTA」這款電玩遊戲當中。）

部長、高松という方からのお電話です。
（部長，有一位「高松」先生打電話來找您。）

台湾の九份という町、行ったことがありますか？
（你有去過臺灣的「九份」這座城鎮嗎？）

「豬血糕」というのは、豚の血と米で作った料理です。怖そうに聞こえるが、美味しいですよ。
（豬血糕是用豬血和米做成的食物，雖然聽起來很恐怖，但是很好吃喔！）

③ 表示「傳聞」

出現在句尾，相當於中文「聽說～」之意，表示從他人所得到的情報和訊息，經常用在文章書信當中，在口語會話時也會使用「～らしい」。

例：

タバコは自分(じぶん)だけでなく、子供(こども)にも悪(わる)い影響(えいきょう)を与(あた)えるという。
（聽說吸菸不只對自己、也會對小孩產生不好的影響。）

カップラーメンの発明者(はつめいしゃ)は台湾(たいわん)の人(ひと)だという。
（據說泡麵的發明人是臺灣人。）

「政治(せいじ)、科学(かがく)」などの中国語(ちゅうごくご)は日本語(にほんご)から来(き)たという。
（據說「政治、科學」這類中文詞彙是從日文來的。）

順帶一提，「という」在口語會話中、時常省略為「っていう」、「って」形式，意思相同～

例：

母(はは)は「早(はや)く起(お)きなさい！」と言(い)った。
→ 母(はは)は「早(はや)く起(お)きなさい！」って言(い)った。
母(はは)は「早(はや)く起(お)きなさい！」って。
（媽媽說：「快點給我起床！」）

	意思	句型	例句
說話	表示某人說話內容	說話內容＋と言う	彼はもう来ない、と言った。（他說再也不來了）
解說	用於解說名詞	名詞＋という＋名詞	九份という所、知っていますか？（你知道九份這個地方嗎？）
傳聞	表示從他人聽來的訊息	句尾＋という	甘い飲み物は健康に悪いという。（甜飲料對身體不好）

04/ 一分鐘了解萬用動詞「する」的用法！

問題

我目前開始學習日文動詞變化，其中的不規則變化動詞「する」，查詢字典後發現有好多用法，課堂老師也說「する」是日文中的萬用動詞。可以簡單說明一下動詞「する」有哪些用法嗎？

回覆

「する」是日文中使用方法數一數二複雜的動詞，雖然您的問題只有短短幾行，不過若要完整回答的話，可能需要一整本書的篇幅才行（笑）。爲了便於理解，我們將「する」分爲一項基本用法、三項特別用法，如果行有餘力的話，再記一下最後的二項慣用句型。看起來很複雜嗎？其實只要熟悉了這些用法，就能夠掌握 90 ％以上的「する」使用情境了。

相信我們，這些都是很常用的文法，現在不學、以後也一定會學到，不如趁現在一次學會吧！

「する」的基本用法：進行某動作，相當於中文的「做～」

「する」可以單獨使用，也可以接在漢字詞彙後方，當作動詞使用。

例：

勉強（べんきょう）する。勉強（べんきょう）をする。

（讀書）

更多例句：

検定試験に合格するように、一生懸命に勉強をしている。

（為了考過檢定考試，我很認真地唸書。）

疲労運転、飲酒運転をするな。大変なことになるから。

（不可以疲勞開車、酒後開車，會出大事情的。）

ここにサインしてください。（請在這裡簽名。）

おい！ここで何をしてるんだ？

（喂！你在這裡幹嘛？）

「する」的特別用法

① 表示經過的時間

句型：時間＋もする

例：

雨は三十分もすれば止むでしょう。

（再過半小時，雨就會停了吧。）

卒業して一年もしないのに、
同級生の名前を忘れてしまった。

（明明畢業還沒一年，卻忘記了同學的名字。）

半年(はんとし)もすれば、台湾(たいわん)の生活(せいかつ)に慣(な)れるよ。

（只要過了半年，你就會習慣臺灣的生活了。）

② 表示價格、金額

句型：金額＋する、金額＋もする

例：

この航空会社(こうくうがいしゃ)だと、
東京(とうきょう)行(ゆ)きのチケットは五千元(ごせんげん)もしないらしい。

（這家航空公司，聽說東京機票不到五千元喔！）

そのカバン、オシャレですね。いくらしましたか？

（妳的包包好有品味，多少錢呢？）

父(ちち)がくれた腕時計(うでどけい)は、５０万円(まんえん)もするブランド品(ひん)だ。

（爸爸給我的手錶，是要價五十萬日圓的名牌貨。）

③ 表示職業

句型：職業＋をする

例：

Kenさんは日本語通訳(にほんごつうやく)をしていたから、日本語(にほんご)が上手(じょうず)でしょう。

（Ken 擔任過日文口譯，因此日文很拿手吧！）

文法 1-4

彼は小さな山奥の村で医者をしている。

（他在山中的小村落擔任醫生。）

行有餘力再記：「する」的慣用法

① 表示味道、聲音、氣味等等五官感覺

句型：～がする。

例：

このパンは変な味がする。期限切れだと思う。

（這個麵包有奇怪的味道，應該過期了吧。）**表示味道**

隣から子猫の鳴き声がしてきた。

（隔壁傳來小貓的叫聲）**表示聲音**

A：なんか臭いにおいがする！

B：それは臭豆腐だよ。

（A：有一股臭臭的味道！ B：那是臭豆腐啦。）**表示氣味**

② 表示他人的表情、外表姿態

句型：～をする。

例：

彼女は怖い顔をして私をにらんでいる。

（她用很恐怖的表情瞪著我。）**表示表情**

彼はいい体格をしている。スポーツ選手向きです。

（他的體格很好，適合當運動選手。）**表示姿態**

国仲さんは本当に綺麗な目をしていますね！羨ましい。

（國仲小姐的眼睛真的很漂亮呢！好羨慕。）**表示外表**

使用情境	慣用句型	例句
進行某動作	～をする	仕事をする。（工作） 勉強をする。（唸書）
表示經過時間	時間＋もする	台湾に来て一年もしない。 （來臺灣還不到一年） あと 30 分もすれば、太陽が沈むでしょう。 （再過半小時，太陽就會下山了）
表示金額	金額＋する 金額＋もする	この腕時計は 5000 円する。 （這個手錶 5000 日圓） 彼女のバッグは 50 万円もするらしい。（她的包包聽說要價 50 萬日圓）

表示職業	職業＋をする	私(わたし)は日本語(にほんご)通訳(つうやく)をしている （我的工作是日文口譯）
表示 五官知覺	味道、 聲音、 氣味＋がする	ミルクは変(へん)な味(あじ)がする。 （牛奶有奇怪的味道） ギターの音(おと)がする。（傳來吉他的聲音） 台所(だいどころ)からいい匂(にお)いがする。 （廚房傳來好香的味道）
表示 表情、姿態	～をする	彼(かれ)はいい目(め)をしている。 （他的眼神很認真） 部長(ぶちょう)は涼(すず)しい顔(かお)をしている。 （部長表現得一派輕鬆）

05/ 讓你不再頭痛：圖解形容詞和名詞變化！

問題

想請教老師關於日文「形容詞」的種類和變化問題，我在臉書上寫的這三句日文：

昨日(きのう)のラバーダックは大(おお)きいでした。
私(わたし)は白(しろ)いのご飯(はん)が好(す)きです。
この公園(こうえん)はきれくありません。

日本朋友告訴我都是不自然的日文，讓我很挫折，請問該如何學習這部分呢？有什麼好方法嗎？

回覆

首先，沒必要感到挫折。

如同日文動詞一般，日文的形容詞也會產生「語尾變化」，和中文完全不同；加上日文的形容詞分爲二大類，每一類的變化方式也有所差異，因此感到混亂是很正常的。我們依序進行講解。

形容詞的分類

日文的形容詞，分爲「い形容詞(けいようし)、な形容詞(けいようし)」二大類：

結尾為「い」的形容詞→い形容詞(けいようし)
結尾不是「い」的形容詞→な形容詞(けいようし)

我們很容易能夠判斷以下形容詞的種類：

長い、安い、おいしい：い形容詞
元気、静か、賑やか：な形容詞

不過凡事總有例外，以下是必須特別注意的形容詞：

「有名、きれい、嫌い」→な形容詞

「ゆうめい、きれい」雖然結尾也是「い」，不過寫成漢字「有名、綺麗」時就看不到「い」了，因此屬於「な形容詞」，至於「嫌い」則是特例，也屬於「な形容詞」。

形容詞種類	句型	例字	例外
い形容詞	い形容詞＋名詞	大きい、小さい おいしい、うまい	「綺麗、有名、嫌い」為「な形容詞」
な形容詞	な形容詞＋な＋名詞	静か、賑やか 便利、元気	

形容詞的接續

一定有人好奇，爲什麼會叫作「い形容詞」和「な形容詞」呢？這和形容詞的接續方式有關。

句型：

「い形容詞」＋名詞
「な形容詞」＋な＋名詞

例：

長いヘビ（很長的蛇）、安い携帯（便宜的手機）、
おいしい料理（美味的料理）

元気な子供（有精神的小孩）、静かな所（安靜的地方）、
賑やかな町（很熱鬧的城鎮）

形容詞的時態

這是最容易令人混淆的地方，形容詞的分類和接續並不困難，不過「時態」的部分，可是會讓不少學習者傷透腦筋。我們直接用圖表方式來解釋，這樣可以省下不少時間。

い形容詞→常体，例：うまい

	現在	過去
肯定	うまい	うまかった
否定	うまくない	うまくなかった

文法 1-5

い形容詞→です、ます体，例：うまい

	現在	過去
肯定	うまいです	うまかったです
否定	うまくありません うまくないです	うまくありませんでした。 うまくなかったです。

な形容詞→常体，例：便利（べんり）

	現在	過去
肯定	便利だ	便利だった
否定	便利ではない	便利ではなかった

な形容詞→です、ます体，例：便利（べんり）

	現在	過去
肯定	便利です	便利でした
否定	便利ではありません 便利ではないです	便利ではありませんでした 便利ではなかったです

順帶一提，「名詞（めいし）」的時態變化和「な形容詞（けいようし）」是一樣的喔！

名詞　常体　例：美人（びじん）

	現在	過去
肯定	美人だ	美人だった
否定	美人ではない	美人ではなかった

名詞→です、ます体，例：美人（びじん）

	現在	過去
肯定	美人です	美人でした
否定	美人ではありません 美人ではないです	美人ではありませんでした 美人ではなかったです

因此，這三項例句，應該更改爲以下方式較自然：

昨日（きのう）のラバーダックは大（おお）きいでした。
→昨日（きのう）のラバーダックは大（おお）きかったです。
（昨天的黃色小鴨好大一隻。）

私（わたし）は白（しろ）いのご飯（はん）が好（す）きです。
→私（わたし）は白（しろ）いご飯（はん）が好（す）きです。
（我喜歡吃白飯。）

この公園（こうえん）はきれくありません。
→この公園（こうえん）はきれいではありません。
（這座公園不乾淨。）

06／「いいです」是答應還是拒絕的意思？——日文中曖昧的回答

問題

最近發生了一件很糗的事情，我鼓起勇氣想約班上的日本女同學去吃飯，於是用日文問她「一緒に食事しませんか」，對方回答「いいです。ありがとう。」我以爲她答應了，但後來看她的表情、才知道原來是拒絕的意思（哭）。

請問老師，聽說日本人不會直接拒絕別人，那麼該如何知道對方是答應還是拒絕呢？

回覆

想必當時的場面一定十分尷尬吧，眞是辛苦你了。除非被逼到絕境，不然日本人一般不會直接拒絕對方的邀約，而是會改用其他詞彙來表達自己的意願。我們必須聽出這些「弦外之音」，如此才不會落得自作多情的下場。

問題：請問以下哪項回答是表示「答應」呢？

映画を見に行きませんか？

① いいです。
② いいんです。
③ いいですね。

如何？是不是覺得都差不多呢？其實，只有選項三才是答應，其他都是拒絕的意思喔！

爲了拯救成千上萬的男性朋友，不讓他們在喜歡的人面前表錯情，我們就來整理一下常見的「答應」和「拒絕」用法吧！

「對方答應的情況」

いいですね！（聽起來不錯呢！）
いいですよ！（好啊好啊！）

「對方拒絕的情況」

いいです。
→不是「好啊」、而是「不用了」的意思。

いいんです。
→上面的加強語氣版本，如果你一直煩人家，對方就會說「真的不用了」。

ちょっと考（かんが）えさせて。
→「讓我考慮一下」，這只是客套話，也是拒絕的意思，千萬不要再自目問對方「妳考慮得如何了？」

せっかくですが……

→「真是太可惜了……」，這也是拒絕的意思，聽到這句話就要知難而退。

また誘(さそ)ってね！

→「下次再約我吧！」，別懷疑，這也是客套話，你下次約她還是會被拒絕的。

それはちょっと……

→「那個有點……」，意思就是「我沒興趣」，千萬不要接著問「ちょっと何(なに)？何(なに)？」

你一定想問：那麼在邀請女生時，有沒有什麼成功機率比較高的方法呢？雖然不能保證一定成功，不過可以試試以下的說法，聽起來會更自然、有風度喔！

NG：デートしない？

（要不要跟我約會？）

OK：仕事(しごと)でストレスがたまっているでしょう？
一緒(いっしょ)に出(で)かけよう。

（工作累積了不少壓力吧？出去走走吧！）

NG：一緒(いっしょ)にコーヒーでも飲(の)まない？

（要不要一起喝杯咖啡？）

OK：近くにいいラーメン屋があるけど、
一緒に食べに行かない？
（附近有一間不錯的拉麵店，要不要一起去吃呢？）

NG：映画を見に行かない？
（要不要去看電影？）

OK：今話題の映画を見に行きたいんだけど、
一人じゃ行きづらいから、一緒に行かない？
（想去看現在熱門的電影，不過一個人去有點怪，要一起去呢？）

被對方說「ごめん、時間がない。（抱歉我沒時間）」的時候

NG：わかった。
（我知道了。）

OK：じゃ、時間が空くまで待ってるね！
（那就等妳下次有空的時候吧！）

OK：残念だね。じゃ、また次の機会に。
（真是遺憾啊，那就等下次吧！）

07/「彼女と一緒に結婚する」是不自然的用法？——「と、と一緒に」區別

問題

我最近打算和交往多年的女朋友結婚，不過當我告訴日本朋友「私は彼女と一緒に結婚します」的時候，他們卻嚇了一跳，認爲這樣說日文很奇怪。「～一緒に」不是「和誰一起做什麼事」的意思嗎？用在這裡很奇怪嗎？

回覆

日本朋友會嚇一跳是很正常的事情（笑）。

先解答一下您的疑問，如果說成「私は彼女と一緒に結婚します」，會讓人覺得是「我和女朋友要各自和不同人結婚」，意思可是天差地遠！這裡說成「私は彼女と結婚します」較爲自然，至於爲什麼呢？讓我們來說明一下。

首先，說明一下「と」和「一緒」的基本用法：

助詞「と」基本用法：表示中文「和～」的意思

例：

高雄に行くには、飛行機と新幹線、どっちが速いですか？

（飛機和高鐵，去高雄哪一樣比較快？）

そのことは、私と関係ありません。（那種事和我沒關係。）

昨日、大学時代の友人と食事しました。

（昨天和大學時代的朋友一起吃飯。）

「一緒」基本用法有二項

① 表示「和～相同」之意。

例：

田中さんとは、ずっとクラスが一緒でした。

（我和田中一直都同班。）

A：検定試験に合格した！

B：お前も？俺も一緒だよ！」

（A：我檢定考合格了！ B：你也是嗎？我也合格了呢！）

② 表示「和某人一起～」之意，多用「一緒に」的形式。

例：

駅まで一緒に行きましょう。

（我們一起去車站吧。）

ちょっと怖いから、トイレに一緒に行ってくれる？

（我會害怕，可以和我一起去廁所嗎？）

問題來了，如果用在「和某人做某件事」的時候，這二者又有什麼差別呢？其實用中文理解即可。

某人＋「と」＋動作：相當於中文「和～」，表示二人之間的相互動作。

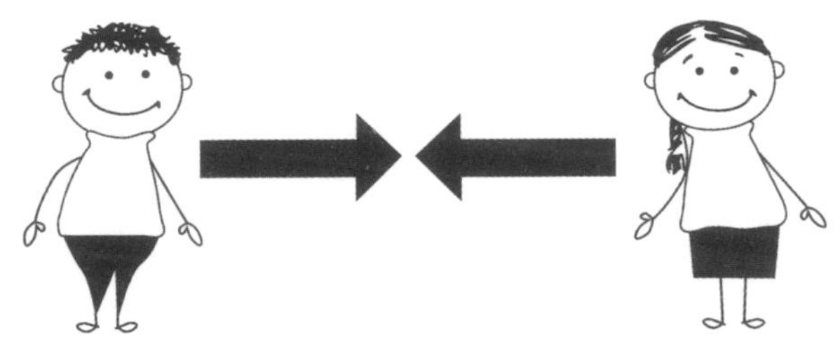

某人＋「と一緒（いっしょ）に」＋動作：相當於中文「和～一起去」表示和對方一起去做另一件事情。

二者皆可的情況：

先生と食事する。（和老師吃飯。）

先生と一緒に食事する。（和老師一起吃飯。）

家族と海外旅行をする。（和家人出國旅行。）

家族と一緒に海外旅行をする。（和家人一起出國旅行。）

近所の子どもと遊ぶ。（和附近的小孩子玩。）

近所の子どもと一緒に遊ぶ。（和附近的小孩子一起玩。）

只能使用「と」的情況

○　彼女と結婚する。（和她結婚。）

X　彼女と一緒に結婚する。

（和她一起去結婚。）**是兩對新人一起辦婚禮嗎？**

○　中田さんと付き合う。（和中田先生交往。）

X　中田さんと一緒に付き合う。

（和中田先生一起去交往。）**是一起和其他人交往**？

○　友人と会う。（和朋友見面。）

X　友人と一緒に会う。

（和朋友一起去見面。）**去見另外一個人**？

○　同級生と喧嘩する。（和同學打架。）

X　同級生と一緒に喧嘩する。

（和同學一起去打架。）**是去打別人吧**？

○　友達と電話で話した。（和朋友講電話。）

X　友達と一緒に電話で話した。

（和朋友一起去講電話。）**是要去哪裡講**？

	句型	例字	例外
と	和～	名詞＋と	私は彼女と付き合っている （我和她在交往）
と一緒	和～相同	名詞＋と一緒だ。	そんな行為、泥棒と一緒だ。 （那種行為和小偷沒兩樣）
	和～一起去	名詞＋と一緒に。	駅まで先生と一緒に行こう。 （和老師一起去車站吧）

08／「天氣好熱」不能說「天気が暑い」？——溫度變化的說法

問題

今天我和學校日本老師聊天的時候，被糾正了好幾個錯誤，我說「今日(きょう)は天気(てんき)が暑(あつ)いですね（今天的天氣很熱呢！）」，日本老師說這句日文怪怪的；後來我說「コーヒーが涼(すず)しくなりました。（咖啡涼掉了）」，他也說這句日文很不自然。

請問這一類表示「溫度變化」的說法該如何使用呢？

回覆

首先，請先往好處想，有人願意糾正是好事，如此一來，錯過一次的日文就不會再錯第二次。大部分日本人都不太會糾正外國人的日文（就像我們也不太會去糾正外國人的中文一樣），因此您的運氣很好。

回歸正題，為什麼「天気(てんき)が暑(あつ)い」這句日文怪怪的呢？

日文的邏輯和中文不太一樣，在日本人的想法當中，「天氣」只有「好天氣」和「壞天氣」的差別，一般較少說「冷天氣（天氣很冷）」或「熱天氣（天氣很熱）」。

較自然的說法：

天気(てんき)がいい。（天氣很好。）

天気が悪い。（天氣很糟。）
天気がよくない。（天氣很不好。）

較不自然的說法：

天気が暑い。
天気が寒い。

若要表示「天氣很冷、天氣很熱」，可以使用以下說法：

今日は暑い。（今天很熱。）
昨日は涼しかった。（昨天很涼爽。）
おとといは寒かった。（前天很冷。）

順帶一提，「あつい」漢字可以寫成「暑い、熱い、厚い」，那麼意思上有什麼不同呢？

「暑い」表示天氣炎熱，相反詞為「寒い」

例：

今日は蒸し暑い日です。
（今天真是悶熱的一天。）

今年はとても寒い冬になりそうだ。

（感覺今年的冬天會很冷。）

「熱い」表示物品或液體很燙，相反詞為「冷たい」

例：

お疲れ様です。熱いお茶をどうぞ！

（工作辛苦了，喝杯熱茶吧！）

やっぱり夏は冷たいビールが一番だね！

（果然夏天就是要喝冰啤酒啊！）

彼は心が冷たい人だ。

（他是個很冷血的人。）

「厚い」表示厚度很厚，用於形容書本時也可以說「分厚い」相反詞為「薄い」

例：

この分厚い本を、二日間だけでは読み切れない。

（這麼厚的書，只有二天是讀不完的。）

厚いコートを着て、外に出かけた。

（穿上厚外套出門。）

三者的發音也不太相同，

「暑(あつ)い」：2號音
「熱(あつ)い」：2號音
「厚(あつ)い」：0號音

漢字寫法	重音	意思	例句
暑い	2號音	表示氣溫很高	部屋(へや)が蒸(む)し暑(あつ)い。（房間很悶熱）
熱い	2號音	表示物品或液體的溫度很高	お茶(ちゃ)がとても熱(あつ)い。（茶很燙）
厚い	0號音	表示物體的厚度很厚	国語辞書(こくごじしょ)が分厚(ぶあつ)い。（國語字典很厚）

最後，「コーヒーが涼(すず)しくなりました。」也是不自然的日文。

「涼(すず)しい」：表示天氣涼爽
「冷(さ)める」：表示本來熱熱的東西涼掉了

例：

１０月(がつ)になって、だいぶ涼(すず)しくなったね。
（到了十月，天氣變得涼爽不少。）

猫舌（ねこじた）だから、スープが冷（さ）めるまで待（ま）つ。
（我很怕燙，所以要等到湯涼了才喝。）

冷（さ）めないうちに食（た）べてください。
（請趁熱吃。）

因此，應該要說成「コーヒーが冷めました。」較好。

涼しい	3 號音	表示天氣涼爽	今日（きょう）は涼（すず）しくて気持（きも）ちいい。（今天很涼爽、很舒服）
冷める	2 號音	表示東西涼掉了	コーヒーが冷（さ）めた。（咖啡涼掉了）

MP3 1-09

09／「結婚している」到底是結婚了，還是沒結婚？—— 傷腦筋的「～ている」用法詳解

今天學校新來一位日本老師，她在自我介紹的時候說了一句「私は結婚しています」，我聽不太懂這句話的意思，課本上說「～ている」是「現在～」，所以「結婚しています」是「現在正在結婚」嗎？

這項「動詞て形＋いる」的文法，我一直都搞不太懂，不曉得老師您有沒有更好的理解方法呢？

回覆

不是我們在吹牛，也不是危言聳聽，日文當中的「～ている」用法確實是臺灣人最難以理解的文法之一，由於太過抽象，因此不只學生難學，老師也很難教。

財布が落ちた。
財布が落ちている。

這二句翻成中文都是「錢包掉了」，但是意思究竟有何不同呢？請待我們細細說來。

「～ている」有二項用法：

① 表示「現在進行式」，很容易理解，就是中文「正在～」之意

動詞て形＋いる（現在進行式） 表示當下正在發生的動作。

例：

あそこで新聞(しんぶん)を読(よ)んでいる人(ひと)は、うちの妹(いもうと)です。
（在那裡看報紙的人，是我妹妹。）

弟(おとうと)は一生懸命(いっしょうけんめい)に英単語(えいたんご)を暗記(あんき)しています。
（弟弟正在拼命地背英文單字。）

② 表示「持續的狀態」，從以前持續到現在的狀態，可以理解為「一直～」之意

動詞て形＋いる（狀態持續）表示從以前到現在一直持續的動作。

例：

中学校の歴史授業の内容は、今でも覚えています。

（國中歷史課的內容，我現在也記得很清楚。）**一直沒忘記**。

もう3時だけど、まだ起きている？うん、起きているよ。

（已經三點了，你還醒著嗎？嗯，我還醒著，還沒睡。）

一直醒著。

真正困難的地方來了，表示狀態「～ている」和表示過去式「～た」又有什麼不同呢？

可以如此理解：

「～た」：表示剛發生的「動作」（如下圖）

「～ている」：表示持續到現在的「狀態」

好吧，真的是抽象到不行，我們直接使用例句解說。

財布が落ちたよ。財布が落ちていますよ。

你看到走在前面的人錢包掉了，趕快撿起錢包向對方說「財布が落ちたよ（錢包掉了）」。我看到錢包掉落的瞬間，這是剛發生的動作。

當你在路上撿到一個錢包，送到警察局，對警察說「財布が落ちています（有錢包掉了）」。我沒看到錢包掉落的時候，只知道現在的狀態。

パソコンがフリーズした。パソコンがフリーズしている。

電腦用到一半突然當機了，這時你會說「パソコンがフリーズした！（電腦當機了！）」，表示剛發生的動作；
當機當了三天還沒修好，你則會對廠商抱怨「パソコンがフリーズしているよ！（電腦還是在當機）」，表示電腦現在的狀態不好。

今出かけた。今出かけている。

看到爸爸急急忙忙出門，這時會說「父は今出かけた。（爸爸剛才出門了）」；過了一小時後，有人打電話來找爸爸，則會向對方說「父は出かけている（爸爸出門了）」，表示爸爸現在處於「出去」這個狀態。
我們可以套用在以下情境：**在公司，部長很生氣地問話。**

部長：鈴木は今どこ？（鈴木人在哪裡？）

彼（かれ）は会社（かいしゃ）に来（き）ましたよ。（他剛才來公司了。）

言下之意是「剛才我看到他來了，但是他現在在哪裡不知道」

彼（かれ）は会社（かいしゃ）に来（き）ていますよ。（他已經來公司了。）

言下之意是「他從之前到現在都一直在公司」

同樣的邏輯，用來表示「結婚（けっこん）する」的時候：

私（わたし）は結婚（けっこん）した。（我結婚了。）

言下之意：「我之前結了婚，現在則不知道」，語意較不自然，少用為妙。

私（わたし）は先週（せんしゅう）、彼女（かのじょ）と結婚（けっこん）した。（我上週和她結婚了。）

加上時間和對象，意思就變得完整，表示在上週舉行「婚禮」之意。

私（わたし）は結婚（けっこん）している。（我已經結婚了。）

我現在處於已婚狀態，這是很常用的說法。

私（わたし）は結婚（けっこん）していた。（我之前結婚了。）

言下之意：「我之前結過婚，現在則沒有」會讓人以為你離婚了。

使用的時候，必須多加小心喔！

文法 1-9

	用法	中文	例句
動詞て形+いる	表示「現在進行式」	正在～ ～ ing	今(いま)、部屋(へや)でゲームをしている。 （現在正在房間打電動）
	表示「一直持續的狀態」	一直～ 都會～	先生(せんせい)の言(い)ったこと、ずっと覚(おぼ)えている。 （老師說的話，我一直都記得）
動詞た形	過去式，表示剛才發生的動作	～了	さっき会社(かいしゃ)を出(で)た。 （剛才離開了公司）

10/「なら、たら」都是「如果～」，該如何區別？——日文的假設語氣

想請教一下日文的「假設語氣」用法，我分不清楚「なら」和「たら」的差別，也被日本朋友糾正過許多次，不過還是不清楚到底如何區分：

4月になるなら、花見に行きましょう。
日本に行ったら、4月に行ったほうがいい。

這二句是我在網誌上寫的日文，都被說是不自然的日文，請問到底該如何學習才好呢？

回覆

日文的假設用法，分類比中文細膩很多，中文只要說「～的話」就可以了，不過日文則分為很多種：～たら、～なら、～と、～ば。由於中文當中沒有對應的說法，因此必須花時間理解，其中最容易混淆的部分、就是「たら」和「なら」，我們針對這二者進行解說。

「～たら」的句型為「動詞た形＋ら」，有二項基本用法：
① 表示做完前項動作後，發生了什麼事。

日文「動詞た形」表示過去式、表示做完的事情，因此「たら」帶有「做完前項事情的話」的語氣。

例：

やられたらやりかえす！倍返(ばいがえ)しだ！

（被人陷害的話就要以牙還牙！加倍奉還！）

東京(とうきょう)に着(つ)いたら電話(でんわ)をください。

（到了東京之後，請打通電話給我。）

明日(あした)、雨(あめ)が降(ふ)ったら食事会(しょくじかい)に行(い)きません。

（明天如果下雨的話，我就不去聚餐了。）

試験(しけん)に受(う)かったら、バイクを買(か)ってあげる。

（如果你考試合格了，我就買機車給你。）

② 表示「下一瞬間發生的事情」，較不具有假設語氣，相當於中文「就～、才～」，有輕微因果關係。

例：

窓(まど)を開(あ)けたら、富士山(ふじさん)が見(み)えた。

（打開窗戶，就看見了富士山。）

時間(じかん)を見(み)つけてラーメン屋(や)に行(い)ったら、休(やす)みだった。

（撥出時間去了一趟拉麵店，才發現原來今天公休。）

「なら」句型為「動詞原形＋なら」

前面是「動詞原形」，表示尚未做過的事情。「なら」多用來表示自己的意見和建議，這是較為不同的地方。

例：

出(で)かけるなら、傘(かさ)を持(も)って行(い)ったほうがいいよ。

（要出去的話，帶一把傘會比較好喔！）

マイホームを買(か)うなら、今(いま)がチャンスだ！

（要買房子的話，現在是大好時機！）

台中(たいちゅう)に行(い)くなら、新幹線(しんかんせん)で行(い)ったほうが速(はや)いぞ！

（去臺中的話，搭高鐵比較快喔！）

部長(ぶちょう)に謝(あやま)るなら、今(いま)すぐ謝(あやま)ったほうがいいと思(おも)う。

（要和部長道歉的話，我覺得現在立刻道歉比較好。）

「なら、たら」的比較例句：

飲(の)んだら乗(の)るな、乗(の)るなら飲(の)むな。

（喝酒不開車，開車不喝酒。）

直譯：喝了酒的話，就別開車，若是要開車，就別喝酒。

タバコを吸(す)うなら、事務室(じむしつ)に入(はい)らないでください。

（如果要抽菸的話，就別進辦公室。）

タバコを吸ったら、吸い殻をあそこに捨ててください。

（抽完菸的話，菸蒂請丟在那裡。）

自転車を買うなら、「ジャイアント」のが一番いいよ。

（如果要買自行車的話，「捷安特」是最好的喔！）

自転車を買ったら、店で「防犯登録」をしてください。

（買了自行車的話，請在店家進行防盜登記。）——**日本有這項規定**。

北海道行くなら今すぐ！行きたくなったら、早く北海道へ！

（要去北海道的話就趁現在！若是您已經心動了，就趕快出發吧！）——**旅行社宣傳用語**。

今なら４０%オフなので、買ってみたらどうですか？

（現在的話打六折，要不要買回去試試看呢？）

因此您的句子應該改成：

４月になったら、花見に行きましょう。

（到了四月之後，我們去賞花吧。）表示已經到了四月。

日本に行くなら、４月に行ったほうがいい。

（如果要去日本的話，四月去比較好。）表示建議。

這裡要注意，若是「名詞、形容詞」的話，那麼後面加「なら、

たら」意思則大致相同，都是表示單純假設語氣。簡單來說，用哪一個都不算錯。

例：

先生(せんせい)ならどうします？
先生(せんせい)だったらどうします？
（如果是老師您的話，會怎麼做呢？）

豚骨(とんこつ)ラーメンなら、「一蘭(いちらん)」がおすすめです。
豚骨(とんこつ)ラーメンだったら、「一蘭(いちらん)」がおすすめです。
（豚骨拉麵的話，我推薦「一蘭」。）

ワーホリは３０歳以下(さいいか)なら誰(だれ)でも申(もう)し込(こ)みできる。
ワーホリは３０歳以下(さいいか)だったら誰(だれ)でも申(もう)し込(こ)みできる。
（只要三十歲以下，誰都可以申請打工渡假。）

身分 証 明書(みぶんしょうめいしょ)が必要(ひつよう)なら持(も)っていきます。
身分 証 明書(みぶんしょうめいしょ)が必要(ひつよう)だったら持(も)っていきます。
（如果需要身份證的話，我就會帶去。）

安(やす)いなら買(か)います。
安(やす)かったら買(か)います。
（如果便宜的話，我就會買。）

	主要用法	句型	中文	例句
～たら	表示前項動作完成後，會發生後項動作	動詞た形＋ら	做完～的話	レポートを書(か)き終(お)わったら教(おし)えてください。（報告寫完後告訴我一下）
	表示「下一瞬間發生的事情」		就～	ドアを開(あ)けたら、二匹(にひき)の子猫(こねこ)がいた。（打開門，發現了二隻小貓）
～なら	多用於表示「給予對方的建議」	動詞原形＋なら	如果要～的話	展覧会(てんらんかい)に行(い)くなら、バスに乗(の)っていった方(ほう)が速(はや)い。（要去展場的話，搭公車比較快）

註：若是名詞、形容詞的情況，那麼使用「～たら」「～なら」的意思大致相同。

11/「だけ、しか」都是「只有～」，有哪裡不同？

問題

我在課本中學到「だけ」和「しか」二項文法，中文翻譯都是「只有～」，課本上說這二項用法意思都一樣，只不過一個後面是肯定句、一個後面是否定句：

日本語(にほんご)の平仮名(ひらがな)だけ書(か)ける。
日本語(にほんご)の平仮名(ひらがな)しか書(か)けない。

請問「だけ」和「しか」究竟有何不同？

回覆

「だけ」和「しか」二項用法，在意思上大致相同，都是表示「限定」的用法。不過任何語言都一樣，絕對不可能出現二個一模一樣、完全沒有區別的文法或字彙，「だけ、しか」也有不一樣的地方，我們可以從文法和語感層面來討論。

首先，複習一下二者的基本用法和句型：

「だけ」：相當於中文「只有～」，後面一般接續肯定句，表示數量的限定。

文法 1-11

例：

千円(せんえん)だけ貸(か)してあげます。

（我只借你一千元。）

通訳(つうやく)ができる人(ひと)は、クラスで林(はやし)さんだけだ。

（有能力進行口譯的人，班上只有林同學而已。）

私(わたし)は朝(あさ)、カレーライスだけ食(た)べる。

（我早上只吃咖哩飯。）

「しか」：相當於中文「除了～之外都沒有～」，後面一般接續否定句，語氣較為強烈，同樣具有限定之意。

例：

千円(せんえん)しか貸(か)してあげない。

（除了一千元之外，我不會再借你錢。）

通訳(つうやく)ができる人(ひと)は、クラスで林(はやし)さんしかいない。

（有能力進行口譯的人，班上除了林同學之外，沒有其他人了。）

私(わたし)は朝(あさ)、カレーライスしか食(た)べない。

（我早上除了咖哩飯，什麼都不吃。）

可以比較上面三項例句，是不是覺得好像有哪裡不同、但是卻說不太出來呢？

具體來說，「だけ」「しか」有三個地方不一樣：文法接續、助詞位置、給人的感覺。

① 文法接續

簡單來說，「だけ」後面一般接肯定句，「しか」後面則接否定句。如果「だけ」後面接否定句，則會變成完全不同的意思。

例：

昨日(きのう)の同窓会(どうそうかい)は、鈴木(すずき)と田中(たなか)だけ来(き)た。
（昨天的同學會，只有鈴木和田中來。）

昨日(きのう)の同窓会(どうそうかい)は、鈴木(すずき)と田中(たなか)しか来(こ)なかった。
（昨天的同學會，除了鈴木和田中，沒有其他人來。）

昨日(きのう)の同窓会(どうそうかい)は、鈴木(すずき)と田中(たなか)だけ来(こ)なかった。
（昨天的同學會，只有鈴木和田中沒來。）**意思不同**。

この展覧会(てんらんかい)は、大人(おとな)だけ入場(にゅうじょう)できる。
（這場展覽，只有成年人士可以入場。）

この展覧会(てんらんかい)は、大人(おとな)しか入場(にゅうじょう)できない。

（這場展覽，除了成年人士之外，其他人不得入場。）

この展覧会(てんらんかい)は、大人(おとな)だけ入場(にゅうじょう)できない。

（這場展覽，只有成年人士不可以入場。）

② 助詞位置

這是我們較常忽略的部分，「だけ」可以放在「助詞」的前面或後面，但是「しか」一般只能放在「助詞」的後面，這一點在使用上要特別注意。

例：

○　このことは、鈴木(すずき)さんにだけ言(い)います。

○　このことは、鈴木(すずき)さんだけに言(い)います。

（這件事，我只和鈴木你一個人說。）

○　このことは、鈴木(すずき)さんにしか言(い)いません。

X　このことは、鈴木(すずき)さんしかに言(い)いません。

（這件事，除了鈴木你之外，我不會和其他人說。）

○　彼女(かのじょ)とは、会社(かいしゃ)でしか会(あ)わない。

X　彼女(かのじょ)とは、会社(かいしゃ)しかで会(あ)わない。

（我和她除了公司之外，不會在其他場合見面。）

③ 語氣不同

二者給人的語氣和感覺有所不同

だけ：帶有足夠、滿足的語氣
しか：帶有遺憾、不夠的語氣

だけ：強調還有什麼東西
しか：強調沒有什麼東西

例：

給料(きゅうりょう)日前(びまえ)だから、もう財布(さいふ)に五百円(ごひゃくえん)しかない。
（因為還沒發薪水，所以錢包只剩下五百元。）

給料(きゅうりょう)日前(びまえ)なのに、まだ財布(さいふ)に五百円(ごひゃくえん)だけある。
（雖然還沒發薪水，但是錢包裡還有五百元。）

ガソリンは半分(はんぶん)だけあるから、大丈夫(だいじょうぶ)だ。
（油還有一半，沒關係。）

ガソリンは半分(はんぶん)しかないから、ガソリンスタンドに行(い)かないと。
（油只剩一半，不去加油站不行了。）

簡単な日本語だけ話せる。旅行ぐらいは大丈夫だと思う。

（我只會簡單的日文，旅行方面應該沒問題。）

簡単な日本語しか話せない。だからこの仕事は無理だ。

（除了簡單的日文之外，其他都不會，所以沒辦法從事這項工作。）

卒業以来、彼女には一度しか会ったことがない。

（畢業之後，我只和她見過一次面。）**表示遺憾**

腹が減って死にそうだ。今日は水しか飲んでいないから！

（肚子快餓死了，今天只有喝水而已！）**表示不夠的語氣**

	主要用法	句型	中文	例句
だけ	帶有「滿足」的語氣	だけ＋肯定句	只有、還有～	財布に100元だけある。まだ大丈夫だ。（錢包裡還有100元，還撐得過去。）
しか	帶有「遺憾不足」的語氣	しか＋否定句	除了～之外都沒有、只剩	財布に100元しかない。家賃さえ払えない。（錢包裡只剩100元，連房租都付不起。）

12/「～ください」其實是不太禮貌的？——表示請求的說法

問題

昨天我寫完一份日文自傳，想請系上的日本老師幫忙修正日文，我將自傳拿給日本老師，說「自己紹介(じこしょうかい)を書(か)きました。見(み)てください」，不過對方表情看起來很尷尬，請問我說錯了什麼話呢？「請您過目一下」不能說成「見(み)てください」嗎？

回覆

其實這句話是有些失禮的說法。

我們在課本上學過，「ください」是從動詞「くれる」而來，一般會用於「請求」，也就是請對方幫我做什麼事情的時候，雖然中文會翻譯成「請你～」，不過「ください」其實具有輕微命令的語氣，不給對方選擇的空間。因此不可以用在和長輩上司說話的時候，否則會顯得很失禮。

我們來具體解說一下：

情境：有問題要請教老師時

この問題(もんだい)を教(おし)えてください。

（請教我這個問題）←好像老師有義務一定要教一樣，很不客氣

情境：向公司上司請假時。

明日（あした）を休（やす）ませてください。

（請讓我明天請假。）←好像請假是天經地義一樣，很不客氣。

情境：請同事幫忙寄資料過來。

あの、メールしてください。

（那個，請寄 Email 給我。）←好像同事欠你的一樣。

情境：下午有事，請同事代為開會。

午後（ごご）の会議（かいぎ）、代（か）わりに出（で）てください。

（下午的會議，請代替我去。）←同事心想是我欠你的嗎？

因此，「～ください」這項句型別常用，特別是在學校或公司內，否則很有可能會讓人際關係變差（笑）。

那麼，我們該如何表示「請求」，同時又不會顯得失禮呢？

這時可以用：「～てもらえますか？」
更禮貌的說法：「～ていただけますか？」

我們可以將上述情境，改為以下方式：

先生（せんせい）、この問題（もんだい）を教（おし）えてもらえますか？

（老師，可以請教您這個問題嗎？）

部長、家に急用ができて、明日休ませていただけますか？
（部長，家裡突然有急事，明天可以請假一天嗎？）

あの、メールしてもらえますか？
（那個，可以請您寄 E-mail 過來嗎？）

午後の会議、代わりに出てもらえますか？
（下午的會議，可以請你代我出席嗎？）

因此，如果要請老師幫忙改自傳的話，可以說：

ご覧になっていただけますか？

使用「見る」的尊敬語「ご覧になる」加上「～いただけますか」來表示「可以請您過目一下嗎」的意思。

順帶一提，有時候還是可以使用「ください」，那就是「當你是客人」的時候。

在日本，「以客爲尊」的觀念很普遍，當你是客人的時候，如果對店家說話過於客氣和禮貌，反而會讓店家感到不知所措，因此這時使用「ください」即可～（當然，僅限於提出合理要求的時候）。

例：

（對便利商店的店員說）

あの、レシートをください。（那個，請給我發票。）

文法
1-12

（對店家說）

すみません、あのカバンを見（み）せてください。

（不好意思，可以讓我看一下那個包包嗎？）

（買東西時）

じゃ、りんごを2（ふた）つください。

（那麼，給我二顆蘋果。）

（在計程車中）

あの、まっすぐ行（い）ってください。

（那個，直直走就可以了。）

（在餐廳）

すみません、お水（みず）をください。

（不好意思，請給我一杯水。）

ください　用法注意事項
X 一般不用於表示請求拜託。
X 帶有輕微命令，對上司或長輩無法使用。
○ 可以使用「～もらえますか」代替。
○ 可以使用「～ていただけますか」代替。
○ 以客人身份向店家提出合理要求時，可以使用。

MP3 1-13

13/「雨に降られる」＝「被雨淋」？——日文的奇妙被動句

問題

動詞變化我學到了「被動形」，但是日文的被動句有點複雜，我時常用錯（而且不知道錯在哪裡），像是以下二個句子，就被日本朋友說有點怪怪的。

私のお菓子は妹に食べられた。
電球はエジソンに発明された。

另外，我在書上看到「雨に降られました」，這句被動句有點奇怪，直譯是「被雨下」？還請老師指導！

回覆

恭喜你學到了「被動形」，這代表你即將克服日文的「動詞變化」難關。「使役形」「被動形」「使役被動形」算是日文動詞變化的最後部分，其中較複雜的就是「被動形」，過了這一關，之後幾乎不會再為動詞變化的文法而苦惱了。

被動形的基本句型：

主詞　は　被動對象　に　動詞被動形
主詞　は　被動對象　に　東西　を　動詞被動形

例：

わたし　せんせい　ちゅうい
私は先生に注意された。
（我被老師言詞告誡。）

わたし　ちち　にっき　よ
私は父に日記を読まれた。
（我的日記被爸爸偷看了。）

請特別注意基本句型中的「助詞」使用方式，我們經常會習慣寫成：

わたし　にっき　ちち　よ
×　私の日記は父に読まれた。
わたし　にっき　ちち　よ
×　私の日記が父に読まれた。

這是使用中文思考方式所產生的不自然句子，必須特別注意。

接下來，我們來討論一下日文的被動句。相較於中文，日文的被動句使用範圍很廣，可以使用在許多情境當中，一般來說有三項主要用法：被動語氣、發現創造、受害情況。

① 被動語氣

這項用法和中文相似，可以理解為「被～」。

例：

しゅくだい　いえ　わす　せんせい　しか
宿題を家に忘れてしまって、先生に叱られた。
（將作業忘在家裡，被老師罵了一頓。）

帰りのバスで、スリに財布をやられた。
（在回家的公車中，被扒手偷走了錢包。）

この技術はパソコンやスマホなどに広く利用されている。
（這項技術被廣泛應用在電腦和智慧型手機中。）

交流会は来週〇〇ホテルで開催される予定だ。
（交流會預計下週在ＯＯ飯店舉辦。）

② 表示發現和創造

當用來表示「發現創造」意思的時候，要加上「～によって」，整句話才會顯得自然。

例：

Ｘ　台北１０１ビルは、〇〇財団に建てられた。
（臺北 101 大樓，被ＯＯ財團蓋走了。）
→本來是你想去蓋的嗎？意思不自然。

〇　台北１０１ビルは、〇〇財団によって建てられた。
（臺北 101 大樓，是由ＯＯ財團所建造的。）**意思較自然**。

ATM は、日本のオムロン社によって開発された。
（自動提款機，是由日本歐姆龍公司所開發的。）

紙は中国の蔡倫という人によって発明された。
（紙張是由中國的蔡倫所發明的。）

アメリカ大陸はコロンブスによって発見された。
（美洲大陸是由哥倫布所發現的。）

この辞書は多くの専門家の努力によって編纂されたものだ。
（這本字典是經由多名專家的努力所編寫而成的。）

③ 表示受害情況

這是中文所沒有的概念，日文當中會使用「被動形」來表示「受害、感到困擾」的情況，中文會翻譯成「害我～」。

例：

雨が降る。（下雨。）
雨に降られる。（被雨下？）**←表示受害和感到困擾**。
雨に降られて、ずぶぬれになってしまった。
（下雨了，害我被淋成落湯雞。）

其他例句還有：

近所の子どもに騒がれて、まったく仕事に集中できない。
（附近的小孩子吵到不行，害我完全沒辦法集中精神工作。）

赤ちゃんに泣かれて、昨夜は一晩中寝られなかった。

（嬰兒一直哭，害我昨天一整晚沒睡。）

昨日友達に来られて、夜中２時まで飲んでいたから、今日は朝寝坊だった。

（昨天朋友來家裡，害我喝到半夜二點，今天才會睡過頭。）

泥棒に逃げられた！もう少しだったのに！

（可惡！讓小偷逃跑了！只差一點點就抓到了！）

	使用情況	句型	例句
一般被動	表示單純被動語氣	主詞は対象に（東西を）＋動詞被動形	先生にひどく叱られた（被老師罵得很慘。）
發現創造	表示某人發明、發現或創造某物	対象は主詞によって＋動詞被動形	電球はエジソンによって発明された。（燈泡是愛迪生發明的。）
受害情況	表示令人感到困擾的情況	対象に自動詞被動形	雨に降られて、ずぶぬれになった。（被雨淋成落湯雞。）

14/ 「から、ので」究竟有哪裡不同？——表示原因理由的用法

問題

請問日文助詞「から、ので」有什麼不一樣呢？二個中文都是「因爲～」的意思，問過很多人，雖然大家都說差不多，但是我寫的作文卻還是被日本老師說很奇怪。

交通渋滞(こうつうじゅうたい)だから、遅(おく)れました。→要用「ので」
蒸(む)し暑(あつ)いので、窓(まど)を開(あ)けてくれない？→要用「から」

請問該如何區分這二項用法呢？

回覆

「から、ので」幾乎是每一位臺灣學習者都會感到困惑的地方，明明都是「因爲」的意思，爲什麼要分成二種說法呢？

簡單來說：

から：表示主觀
ので：表示客觀

「有講跟沒講一樣嘛！」我們彷彿可以聽到衆多讀者的怒吼，先別緊張，接下來的解說才是重點。大家有沒有發現，中文當中也有「因爲」和「由於」二種說法？嘿嘿，我們也不知道有哪裡不一樣吧。

から：多用於強烈表示自己的主張和意見，
相當於中文的「因為～」
ので：多用於客觀敘述事情，或是委婉表達自己意見時，
相當於中文的「由於～」

「から」
經常用於表達邀約、願望、命令、禁止。

例：

家が近いから、放課後一緒に帰ろう。
（我們家很近，放學後一起回家吧！）**表示邀約**。

あのラーメン屋はすごくうまいから、毎日行きたいなあ。
（那間拉麵店很好吃，我每天都想去吃。）**表示願望**。

テストは来週だから、ゲームばかりするな！
（下週就是考試，別一直打電動！）**表示禁止**。

外は危ないから、夜９時までに帰ってきなさい！
（外面很危險，給我晚上九點前回來！）**表示命令**。

もうこんな時間だ。親に怒られるから、帰るね。
（已經這麼晚了！我會被家裡罵，先回去了喔！）
直接表達自己意見。

文法 1-14

「ので」

經常用於客觀敘述事情，或是不強烈主張自己意見時，正式場合多用「ので」。

例：

朝(あさ)が早(はや)かったので、授業中(じゅぎょうちゅう)居眠(いねむ)りしてしまった。

（由於太早起來了，因此在上課時睡著了。）

台北(たいぺい)は盆地(ぼんち)なので、夏(なつ)は蒸(む)し暑(あつ)いです。

（由於臺北是盆地，因此夏天很悶熱。）

台風(たいふう)が近(ちか)づいているので、旅行(りょこう)は中止(ちゅうし)になった。

（由於颱風快來了，因此取消旅行。）

だいぶ遅(おそ)くなったので、お先(さき)に失礼(しつれい)します！

（由於有點晚了，我先行告辭。）**委婉表達自己意見時**。

部長(ぶちょう)の鈴木(すずき)はただいま参(まい)りますので、少々(しょうしょう)お待(ま)ちくださいませ。

（鈴木部長隨後就到，請您稍候片刻。）**用於正式場合**。

我們可以使用同樣句子進行比較：

今日(きょう)は日曜日(にちようび)なので、バスが空(あ)いている。

（由於今天是週日，因此公車人很少。）

MP3 1-14

今日(きょう)は日曜日(にちようび)だから、12時(じ)まで寝(ね)たい。
（因為今天是週日，所以我想睡到十二點。）

この小説(しょうせつ)がかなり面白(おもしろ)いから、読(よ)んでみなさい。
（這本小說很有趣，你讀讀看。）

この小説(しょうせつ)があまり面白(おもしろ)くないので、売(う)れていない。
（由於這本小說不太有趣，因此賣不好。）

協力(きょうりょく)するから、安心(あんしん)しろ！
（我會幫忙的，安啦！）**和朋友說話時**。

ご協力致(きょうりょくいた)しますので、ご安心(あんしん)ください。
（我會盡力協助的，敬請安心。）**和客戶說話時**。

すみません、電車(でんしゃ)が遅(おく)れたから、遅刻(ちこく)してしまいました。
（不好意思，因為電車誤點，所以我遲到了。）
使用「から」聽起來沒有歉意，並且有推卸責任的感覺。

すみません、電車(でんしゃ)が遅(おく)れたので、遅刻(ちこく)してしまいました。
（不好意思，由於電車誤點，因此我遲到了。）
使用「ので」聽起來較客氣有禮，帶有反省的語氣。

結論：想表達自己看法的時候，使用「から」
想客觀描述一件事情，或是在正式場合中，使用「ので」

文法 1-14

	語氣	使用情況	句型	例句
から	表達主觀推測，自我主張較強烈	用於邀約、願望、命令、禁止	動詞常体＋から 名詞／な形容詞＋だから い形容詞＋から	バスがよく遅れるから、電車で行きたい。 （公車經常誤點，所以我想搭電車去。）
ので	表達客觀狀態給人較委婉客氣的感覺	用於客觀敘述事情、委婉表達意見	動詞常体＋ので 名詞／な形容詞＋なので い形容詞＋ので	バスがよく遅れるので、電車を利用する人が多い。 （公車經常誤點，因此有很多人會搭電車。）

15/「くれてやる」到底是誰給誰東西啊？——日文的授受動詞

問題

我目前學到日文的「あげる、くれる」等等「授受動詞」，想請問如果是中文的「給我禮物」，寫成「プレゼントをくれる」和「プレゼントをもらう」有什麼不一樣呢？另外，我在動畫中看到「くれてやる」這個用法，又是什麼意思呢？

回覆

這裡出現了一個語言學專有名詞：「授受動詞」，簡單說明一下，就是和「給予」和「接受」有關的動詞，例如「我給他餅乾、他給我蛋糕」等等句子，就會使用到「授受動詞」。要回答你的回題，我們必須先介紹一下日文中的授受動詞，常用的有四個：

あげる　くれる　もらう　やる

「あげる」

用在「我給別人」和「別人互給」的情況。

句型：給予方は　接受方に　東西をあげる

例：

私(わたし)は友達(ともだち)に映画(えいが)のチケットをあげた。

（我給朋友電影票。）

黒木(くろき)さんは中村(なかむら)さんにチョコをあげた。

（黑木小姐給中村先生巧克力。）

「くれる」：只用在「別人給我」、或「我的家人、公司」的情況。

他人　　　我　我的家人　我的公司

句型：給予方は、接受方に、東西をくれる

例：

え？この腕時計(うでどけい)は私(わたし)にくれるのですか？

（咦？這個手錶是要給我的嗎？）

同僚(どうりょう)の田中(たなか)は誕生日(たんじょうび)カードをくれた。

（同事田中送了我生日卡片。）

隣(となり)のおばさんは妹(いもうと)にアメをくれた。

（隔壁歐巴桑送了我妹妹糖果。）

会社の部長は父にボーナスをくれた。

（公司的部長給了我爸爸獎金。）

因此以下用法是不自然的，

X　私は同級生に漫画誌をくれる。

（我給同學漫畫雜誌。）**不可以用在我給別人。**

「もらう」：用在「從別人那裡得到東西」的情況

句型：接受方は、給予方に（から）、東西をもらう

例：

5歳の誕生日に、父から自転車をもらった。

（五歲生日的時候，從爸爸那裡得到了自行車。）

「手紙」という歌を聞いて、勇気をもらった。

（聽了「手紙」這首歌，得到了滿滿的勇氣。）

「やる」

和「あげる」大致相同，為較粗魯的用法，現在多用於「植物、動物」，許多時候也會用「あげる」來代替。

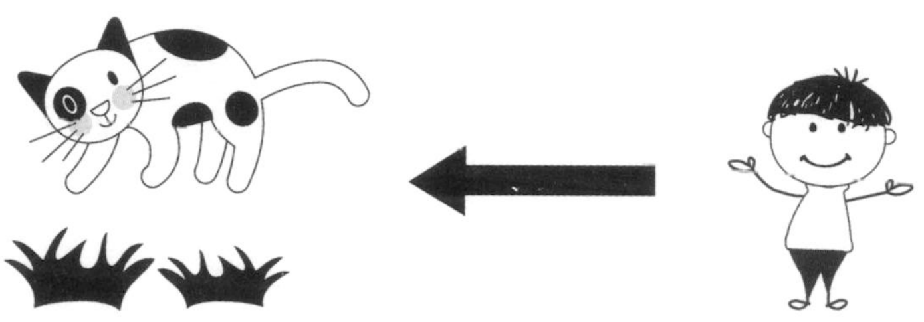

例：

猫(ねこ)に餌(えさ)をやる。

（餵貓吃飼料。）

植木(うえき)に水(みず)をやる。

（給盆栽澆水。）

回到你提出的問題：「プレゼントをもらう」「プレゼントをくれる」有何不同？

答案：主詞不同，一個是接受方、一個是給予方。

整句可以還原成：

「私(わたし)は」プレゼントをもらう。

（我得到禮物。）

「同僚（どうりょう）は」プレゼントをくれる。
（同事送我禮物。）

日文檢定中經常出現這類題目，要特別注意！

另外，「くれてやる」則是「給你～」之意，不過是較粗魯的說法，相當於中文「這是賞你的」！

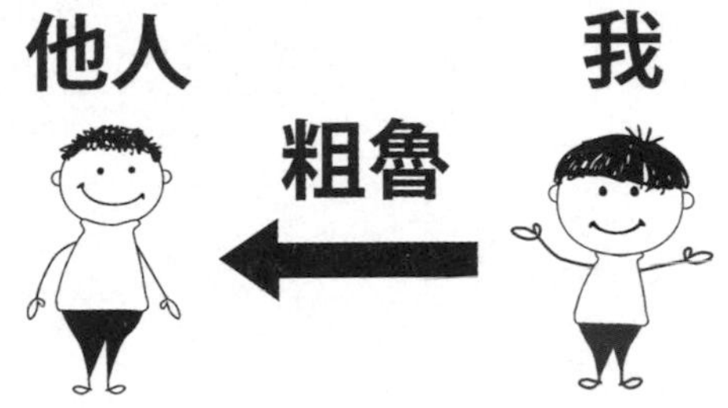

例：

そんなに欲（ほ）しいなら、くれてやるよ！
（既然你那麼想要，就賞給你吧！）

金（かね）は要（い）らない、ただでくれてやる！
（我不收錢，直接給你吧！）

「くれてやる」帶有些許挑釁的意思在，平時儘可能別使用喔！

	句型	例句
くれる	給予方　は　第一人稱我　に　物　をくれる	部長（ぶちょう）は私（わたし）に万年筆（まんねんひつ）をくれた。（部長給了我鋼筆。）
あげる	給予方　は　接受方　に　物　をあげる	部長（ぶちょう）は彼（かれ）に万年筆（まんねんひつ）をあげた。（部長給了他鋼筆。）
もらう	接受方　は　給予方から／に　物　をもらう	彼（かれ）は部長（ぶちょう）から万年筆（まんねんひつ）をもらった。（他從部長那得到了鋼筆。）
やる	給予方　は　接受方　に　物　をやる （感覺較粗魯）	猫（ねこ）に餌（えさ）をやる。（餵貓吃飼料。）

16/「公園を散歩する」為什麼會用「を」？——表示地點和通過點的助詞

問題

請問助詞「を」「で」都可以表示地點，那麼在意思上有什麼不一樣呢？

教科書上面寫「空で飛ぶ」是不自然的日文，應該說成「空を飛ぶ」；「公園で散歩する」是不自然的日文，應該說成「公園を散歩する」。不過中文都是「在天空飛、在公園散步」不是嗎？究竟什麼時候用「を」、什麼時候又該用「で」？

回覆

「空を飛ぶ」「空で飛ぶ」是日文中的經典助詞問題，到底二者有何不同呢？我們先來了解一下助詞「を、で」的基本用法；

を的基本用法

① 表示動作

寿司を握る。（用手製作壽司。）

ラーメンを食べる。（吃拉麵。）

親子丼を注文する。（點了親子丼。）

② 表示通過地點

通過馬路(馬路為通過點)

道を渡る。道を横断する。

(過馬路。)**表示通過馬路**。

生徒たちが廊下を走った。

(學生們在走廊奔跑。)**表示跑過走廊**。

地元の商店街を散策する。

(在當地的商店街散步。)**表示通過商店街**。

次の交差点を右に曲がってください。

(請在下一個路口右轉。)**表示通過路口**。

で的基本用法

① 表示方法手段

クレジットカードで支払う。（用信用卡支付。）

インターネットで検索する。（使用網路搜尋。）

スマホでゲームをする。（用智慧型手機打電動。）

② 表示動作發生的地點

デパートで買物する。（在百貨公司買東西。）

居酒屋で焼き鳥を頼む。（在居酒屋點烤雞串吃。）

運動場で野球をする。（在運動場打棒球。）

我們可以看到，「を、で」的用法中有一項共同點：表示地點。不一樣的地方在於，「を」用於表示「通過的地點」，而「で」則用在表示「某特定地點範圍」。

我們比較相似例句，二項都不算錯誤，不過意思不太一樣：

文法 1-16

空(そら)を飛(と)ぶ。（飛過空中。）

空を飛ぶ（天空為通過點）

空(そら)で飛(と)ぶ。（在空中某定區域一直飛。）

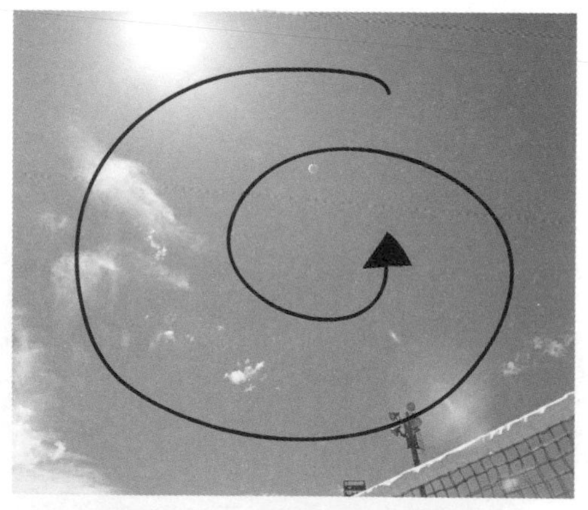

空で飛ぶ（天空為地點）

プールを泳（およ）ぐ。（從游泳池一端游到另一端。）

プールを泳ぐ（泳池為通過點）

プールで泳（およ）ぐ。（感覺像在游泳池内不停游來游去。）

プールで泳ぐ（泳池為地點）

廊下（ろうか）を走（はし）る。（從走廊一端跑到另一端。）

廊下（ろうか）で走（はし）る。（感覺像在走廊上一直來回奔跑。）

公園（こうえん）を散歩（さんぽ）する。（散步經過或穿越公園。）

公園（こうえん）で散歩（さんぽ）する。（感覺像在公園內不停來回走動。）

結論：

表示通過點：を

表示在某地點和範圍內：で

補充：助詞「に」也用於表示「地點」，關於助詞「で、に」的差別，請參照「1-24」單元。

	基本用法	例句
助詞「を」	動作	夜食（やしょく）を食（た）べる。（吃宵夜）
	通過點	道（みち）を横断（おうだん）する。（過馬路）
助詞「で」	方法手段	カードで買物（かいもの）する。（用信用卡買東西）
	動作發生地點	デパートで買物（かいもの）する。（在百貨公司買東西）

17/「私ご飯食べる」為什麼會話時助詞都不見了？—— 助詞的省略現象

問題

我在學校日文課中學到了許多「日文助詞」的用法，但是實際和日本朋本聊天時，我發現他們說日文時經常會省略助詞，像是：

今日学校行かない。（今天不去學校。）

タバコ、行く？（要去抽根菸嗎？）

請問這是正確的日文嗎？日文中有哪些助詞是可以省略的呢？

回覆

在日文會話中，省略助詞的現象很常見，並非錯誤用法，而是一種口語習慣、爲了讓發音更爲簡便。中文也會看到類似情況，例如：「這樣」→「降」、「你是誰啊？」→「你誰啊？」

不過，重點來了，並非每個日文中的助詞都可以省略，有些助詞省略後不影響句意，然而有些助詞省略後、則會讓意思變得很不自然。

大致來說，在日文會話中經常省略的助詞有「は、が、を、に」四項

① 表示主詞的「は」

例：

俺（は）、学校行くのやめた。（我不去學校了。）

A：それ（は）、何？
B：これ？同僚からのおみやげだ。
（A：那是什麼？ B：這個嗎？這是同事給我的紀念品。）

おい君（は）、なにしてるの？（喂，你在幹嘛？）

あなたの顔（は）、もう見たくない。
（我不想再看到你的臉了。）

② 表示主詞或對象的「が」

例：

目（が）、きれいですね！（妳的眼睛好漂亮！）

私、刺身（が）大好き！（我超喜歡生魚片！）

もうやること（が）ないから、帰るね。
（已經沒有事做了，我先回家囉！）

③ 表示動作的「を」

例：

ね、おにぎり（を）、食べる？（喂，要不要吃飯糰？）

ビール（を）、もう一杯(いっぱい)飲(の)もう！（再喝一杯啤酒啦！）

昨日(きのう)のドラマ（を）、見(み)た？面白(おもしろ)かったね！
（你有看昨天的日劇嗎？很好看吧！）

ペン（を）、貸(か)してくれない？（可以借我筆嗎？）

④ 表示地點的「に」

例：

トイレ（に）、行(い)ってくるね。（我去一下廁所喔！）

風邪(かぜ)でしょう？早(はや)く病院(びょういん)（に）行(い)け！
（你感冒了吧？快去醫院！）

さあ、温泉(おんせん)（に）入(はい)ろう！気持(きも)ちいいぞ！
（來泡溫泉吧！很舒服喔！）

那麼，什麼樣的助詞不能省略呢？

① 表示對比語氣的「は」

例：

A：中間(ちゅうかん)テスト、うまくいった？（期中考還順利嗎？）

B：英語はほぼ満点取れたけど、数学は３０点だった。

（雖然英文幾乎拿了滿分，但是數學只有三十分。）

文法 1-17

② 表示時間和目的的「に」

例：

鈴木さんに電話した。（我打電話給鈴木先生。）

日本に遊びに行く。（我去日本玩。）

明日、面接があるから、七時に来てください。

（明天有面試，請於七點過來。）

③ 助詞「で、と、から、まで」

例：

弊社のオフィスで、面接試験を行います。

（在本公司的辦公室進行面試。）

今夜、友達とカラオケに行く。

（今天晚上和朋友去唱歌。）

明日が休みだから、朝まで歌おうと思う。

（因為明天放假，因此我打算唱到早上。）

これはダンボールで作(つく)った椅子(いす)だ。
（這是用瓦楞紙做的椅子。）

順帶一提，即使是一樣的句子，若是助詞不同、意思也會有極大的差異喔！

來看一下以下的有趣例子：

（部長詢問下屬）
君(きみ)、できる？（你辦得到嗎？）**語氣正常**。
君(きみ)ができる？（你辦得到嗎？）**同上，語氣正常**。
君(きみ)にできる？（你這傢伙辦得到嗎？）**帶有看不起、輕視的語氣**。

（媽媽問你今晚要吃什麼）
カレーライスでいい。（咖哩飯就好了啦！）
有不情願的感覺，應該會被媽媽揍一頓。
カレーライスがいい。（我想吃咖哩飯！）
感覺較開心積極，媽媽聽到會很開心。

（想稱讚同事今天穿著很漂亮）
今日(きょう)はきれいだね。（妳今天很漂亮呢！）
意思是之前都不漂亮嗎？
今日(きょう)もきれいだね。（妳今天也很漂亮呢！）
這樣說就對了嘛！

	助詞種類	例句
○會話中可以省略的助詞	主詞的「は」	私 行かないよ。（我才不去。）
	主詞和對象的「が」	寿司大好きだ！（我非常喜歡壽司！）
	動作的「を」	コーヒー、飲む？（要喝咖啡嗎？）
	地點的「に」	先に家帰るね。（我先回家囉。）
？一般不會省略的助詞	對比的「は」	刺身は食べるが、納豆は食べない。（雖然我吃生魚片，但是不吃納豆。）
	時間和目的的「に」	日本に仕事に行く。（去日本工作。）
		朝9時に起きる。（早上九點起床。）
	で、と、から、まで	公園で遊ぶ。（在公園玩。）
		友達と遊ぶ。（和朋友玩。）
		午後4時から遊ぶ。（從下午四點開始玩。）
		夜9時まで遊ぶ。（玩到晚上九點。）

18/「見える、見られる」有什麼不同呢？——日文的特殊可能形

問題

請教一下「動詞可能形」的問題，教科書上寫「動詞可能形」是表示個人的能力，不過我發現有些動詞的可能形「不只一種」，像是「見(み)る、見(み)える、見(み)られる」「聞(き)く、聞(き)こえる、聞(き)ける」，請問該如何分辨呢？

私(わたし)は海(うみ)の（見(み)える？見(み)られる？）所(ところ)に住(す)みたい。
遠(とお)くからニワトリの鳴(な)き声(ごえ)が (聞(き)けた？聞(き)こえた？）。
二種說法有什麼不一樣呢？

回覆

如同您所提及的，**「動詞可能形」用法為表示「個人能力」**

例：

日本語(にほんご)の文章(ぶんしょう)を読(よ)む。（我讀日文的文章。）

日本語(にほんご)の文章(ぶんしょう)が読(よ)める。（我看得懂日文的文章。）

朝六時(あさろくじ)に起(お)きる。（早上六點起床。）

朝六時(あさろくじ)に起(お)きられない。（早上六點起不來。）

彼は仕事をする。（他工作。）

彼は仕事ができる。（他很會工作、他的工作能力很強。）

若是按照文法規則，動詞「見る、聞く」的可能形用法應該是「見られる、聞ける」，但是我們也常看到「見える、聞こえる」這樣的說法，我們可以這樣理解：

見られる、聞ける：一般可能形，帶有某種目的而主動去聽去看。
見える、聞こえる：特殊可能形，自然聽到看到。

詳細說明一下：

見える：表示身體不用移動，就會自然映入眼簾的景物。

例：

コンタクトをつけているから、黒板の字がよく見える。
（我有戴隱形眼鏡，因此黑板上的字看得很清楚。）

いい天気だから、窓を開けると、台北１０１が見えます。
（天氣很好，打開窗戶就能看到臺北 101。）

今夜は雨が降っていて、星がよく見えないな。
（今天晚上下雨，看不太到星星。）

猫は暗い所でもよく見えるらしい。
（貓好像在暗處也能看得很清楚。）

見られる：表示帶有某種目的而主動選擇去觀看。

例：

今日は夜中まで残業だから、ドラマが見られない。
（今天加班到半夜，因此沒辦法看連續劇。）

妻がドラマを録画してくれたから、やっと見られる。
（老婆幫我錄影起來，終於可以看到連續劇了。）

スマホって便利だね！電車に乗るときもビデオが見られる。
（智慧型手機真方便！坐電車的時候也可以看影片。）

動物園に行くと、パンダとコアラが見られるよ。
（去動物園的話，可以看到貓熊和無尾熊喔！）

聞こえる：表示不用刻意去聽，就能夠聽到的聲音。

例：

すみません、声が小さくてよく聞こえません。
（不好意思，你的聲音太小了、聽不清楚。）

隣(となり)の部屋(へや)から子(こ)どもの泣(な)き声(ごえ)が聞(き)こえる。

（從隔壁房間傳來小朋友的哭聲。）

パソコンを直(なお)してくれる？

音声(おんせい)は聞(き)こえるのに、画面(がめん)が映(うつ)らないんだ。

（可以幫我修電腦嗎？雖然聽得到聲音，但是一直沒有畫面。）

聞ける：表示帶有某種目的而主動選擇去聽。

例：

携帯(けいたい)に音楽(おんがく)を入(い)れれば、いつでも好(す)きな曲(きょく)が聞(き)けるよ。

（將音樂放進手機的話，無論何時都可以聽喜歡的音樂。）

インターネットで有名大学(ゆうめいだいがく)の授業(じゅぎょう)が聞(き)けるようになった。

（現在可以在網路上收聽著名大學所開設的課程。）

ラジオが聞(き)けるアプリを教(おし)えてください。

（請告訴我有什麼 APP 可以收聽廣播。）

因此，您的問題答案爲：

私(わたし)は海(うみ)の（見(み)える）所(ところ)に住(す)みたい。

（我想住在看得見海的地方。）**表示自然映入眼簾的景色**

遠くからニワトリの鳴き声が（聞こえた）。
（從遠方傳來公雞叫聲。）**表示自然聽到的聲音**。

另外，所謂「視障人士」「聽障人士」的說法，也是使用「見える、聞こえる」

例：

目が見えない人。
（眼睛看不見的人。）

耳が聞こえない人。
（耳朵聽不見的人。）

但是，等一下！要注意的是，在日文當中，這其實是不太禮貌的說法（其實中文也不太禮貌），我們一般會改用以下方式稱呼：

例：

目が不自由な人。
（視障人士。）

耳が不自由な人。
（聽障人士。）

這一點要千萬記住喔！可不能說出失禮的話。

	使用方法	例句
見（み）える	自然映入眼簾的事物	窓（まど）を開（あ）けると海（うみ）が見（み）える。 （打開窗戶就能看見海。）
見（み）られる	必須特地去看才看得到	動物園（どうぶつえん）に行（い）くとパンダが見（み）られる。 （去動物園就可以看到貓熊。）
聞（き）こえる	自然而然聽到的聲音	先生（せんせい）の声（こえ）が聞（き）こえない。 （聽不到老師的聲音。）
聞（き）ける	必須特地去聽才聽得到	先生（せんせい）の講義（こうぎ）はネットで聞（き）ける。 （可以在網路上參與老師的課程。）

19／「全部多少錢」不能說成「全部がいくらですか」？—— 助詞「で」的重要用法

我先前去日本自助旅行，和朋友在日本料理店吃完飯後想分開結帳，於是和服務生說「一人（ひとり）がいくらですか」，服務生愣了一下，後來日本朋友告訴我應該說「一人（ひとり）でいくらですか」，請問這裡的「で」是特殊用法嗎？為什麼不能用「が」呢？

回覆

在這個情境中，如果說「一人（ひとり）がいくらですか」，感覺會類似「你們一個人賣多少錢」的意思，可是會鬧笑話的。

言歸正傳，這裡的助詞「が、で」有什麼不同呢？

「が」的二項基本用法

① 表示句子的主詞

例：

空気（くうき）がきれいです。（空氣很新鮮。）

猫（ねこ）が椅子（いす）の上（うえ）に寝（ね）ている。（貓在椅子上睡覺。）

車（くるま）が故障（こしょう）してしまった。（車子出問題了。）

② 表示句子對象（多用於表示希望、喜好、能力）

例：

喉(のど)が渇(かわ)いた。水(みず)が飲(の)みたい。（喉嚨很乾，想喝水。）

私(わたし)は日本料理(にほんりょうり)が好(す)きだ。（我喜歡日本料理。）

私(わたし)は日本語(にほんご)が少(すこ)しできる。（我會一點點日文。）

「で」的基本用法，我們在上一章提過，除了表示地點外，也可以表示「方法手段」。

例：

買物(かいもの)は現金(げんきん)で支払(しはら)う。（買東西用現金支付。）

携帯(けいたい)で切符(きっぷ)を予約(よやく)する。（用手機預約車票。）

若是用以表示「計算金額」，一般會使用「で」，表示方法手段→「以什麼樣的方式來計算金額」：

句型：時間、數量、物品＋で＋金額

例：

食事代(しょくじだい)は全部(ぜんぶ)でいくらですか？

（餐費全部總共多少錢？）**表示用「全部」來計算金額**。

割(わ)り勘(かん)にしよう。一人(ひとり)でいくら？

（分開結吧！一個人多少錢？）**表示用「一個人」來計算金額**。

其他例句還有：

サラリーマンは一ヶ月(いっかげつ)でいくら稼(かせ)げる？

（上班族一個月可以賺多少錢呢？）

このバイト、一週間(いちしゅうかん)でいくらもらえる？

（這份打工，一星期的薪水多少呢？）

台湾(たいわん)の一元(いちげん)は日本円(にほんえん)でいくらですか？

（臺灣一塊錢等於日幣多少呢？）

来年度(らいねんど)の予算(よさん)は、総額(そうがく)で一億円(いちおくえん)です。

（明年度的預算總共是一億日圓。）

駅(えき)までだと、タクシーで大体(だいたい)二千円(にせんえん)かかります。

（到車站的話，坐計程車大概要花二千日幣。）

另外，「いくら」也可以放在「で」的前方，表示「花費的金額」，這裡的「で」同樣表示「方法手段」之意。

例：

PS3はいくらで売れる？
（PS3可以賣多少錢呢？）

家はいくらで建てられる？
（蓋一棟自己的家要多少錢？）

月いくらで生活できる？一万円で大丈夫だよ！
（一個月要多少錢才能生活？一萬日圓就可以了！）

	使用情況	句型	例句
助詞「が」	表示主詞	主詞（名詞）＋が	出張は私が行く（我去出差。）
	表示對象（希望、喜好、能力）	對象（名詞）＋が	料理が得意です。（我擅長做菜。）
助詞「で」	表示地點	＋で	学食で食事をする。（在學生餐廳吃飯。）
	表示方法手段	方法＋で	バスで通勤する（坐公車通勤。）
		時間、數量＋で＋いくら	全部でいくら？（全部多少錢？）
		いくら＋で＋動詞	部屋をいくらで借りている？（房租一個月多少？）

MP3 1-20

20/ 告白時說「林さんのことが好きだ」，為什麼要加「こと」？—— 詳解名詞化的「こと、の」區別

問題

我在日劇中看到男生向女生告白時，都會說「君のことが好きだよ」，但是「我喜歡妳」不是「君が好きだよ」嗎？爲什麼要多一個「こと」呢？

另外，日文中「こと」和「の」都可以用來「動詞名詞化」，那麼又有什麼不同呢？

「私は歌うのが好きです」「私は歌うことが好きです」這二句的意思有不一樣嗎？

回覆

這個問題範圍很廣，牽涉到「こと」的具體和抽象用法，以及名詞化的用法比較。特別是「こと、の」的名詞化文法，需要一些時間來理解學習，不過別擔心，我們會用深入淺出的方式進行解說。

首先是「こと」的具體和抽象用法

具體用法：表示「事情」

「こと」的漢字寫成「事」，也就是「事情」的意思，和中文的「事情」大致相同。

例：

一番大事なことは、病気にかからないことだ。

（最重要的事情，就是不要生病了。）

あんたは、何のことを言ってるの？さっぱりわからない。

（你說的是什麼事情？我完全不明白。）

自分のことは自分でしろ。他人に頼るな。

（自己的事情自己做！不要依賴別人！）

抽象用法：表示名詞化或慣用文法句型

例：

私の趣味は音楽を聞くことです。

（我的興趣是聽音樂。）

明日の同窓会、行かないことにした。

（明天的同學會，決定不去了。）**慣用句型「～ことにする」**

俺に任せろ。心配することはない。

（交給我吧！不用擔心。）**慣用句型「～ことはない」**

回到正題，為什麼告白時會說「～さんのことが好きだ」而較少說「～さんが好きだ」呢？

其實，在日文表示「喜好」的句子中，習慣在人名的後面加上「こと」，表示我不只是喜歡她本人、還喜歡和她相關的「所有事情」；如果是討厭某人的時候，也會加「こと」，表示我討厭和某人相關的事情。

句型：～さんのことが（好き、嫌い）だ。

例：

俺、花ちゃんのことが好きだ。付き合ってください。
（我喜歡小花妳，和我交往吧。）

私は部長のことがあまり好きではない。
（我不太喜歡部長。）

あいつのことが大嫌いだ！もう顔を見たくない！
（我很討厭他！不想再看到他了！）

私は姉のことが羨ましい。美人だし、頭もいいから。
（我好羨慕姐姐，既聰明、長得又漂亮。）

有時候，我們在日劇或動畫中也會聽到「あなたが好きだ！」這樣的說法，少了「こと」也不算錯誤，口語會話中有時也會使用，不過聽起來會比較粗魯一些（多為男性使用）。

接著，我們來討論一下「名詞化」的問題，「こと、の」的區別方法有些複雜，我們分成三種情況討論：

① 二者皆可的情況
② 只能用「こと」的情況

③ 只能用「の」的情況

① 二者皆可的情況

大多數情況下，二者是可以通用的：

X　私は映画を見るが好きだ。
○　私は映画を見るのが好きだ。
○　私は映画を見ることが好きだ。
（我喜歡看電影。）

X　試験に合格するを知った。
○　試験に合格するのを知った。
○　試験に合格することを知った。
（得知考試合格了。）

② 只能用「こと」的情況

1. 文法慣用句型

我們會依序學到許多和「こと」相關的文法句型，這些句型是無法用「の」取代的。

例：

日本に留学することにした。（我決定去日本留學。）

表示決定

高雄に転勤することになった。（我要調職去高雄了。）

表示外力影響

北海道に行ったことがある。（我去過北海道。）

表示經驗

郵便が遅れることがある。（郵局寄送物品有時會晚到。）

表示偶爾發生

部長が解決してくれるから、悩むことはない。

（部長會幫忙解決，不用擔心。）**表示沒有必要**

2. 和特定字彙連用

「趣味、必要、大切、決める、約束する」會和「こと」一起出現

例：

私の趣味は小説を読むことです。（我的興趣是看小說。）

社長に報告することが必要だ。（有必要向社長報告。）

何事もやり続けることが大切だ。

（無論什麼事，最重要的是堅持下去。）

彼女に告白することに決めた。（我決定向她告白。）

彼氏に毎日手紙を書くことを約束した。

（答應男朋友每天都會寫信給他。）

③ 只能用「の」的情況

1. 表示「五官感覺」的動詞

像是「見る、見える、聞く、聞こえる、感じる」一般會和「の」一起使用

例：

猫が部屋に入るのを見た。

（我看到小貓進了房間。）

このホテルは、夕日が沈むのが見える。

（這間旅館可以看到夕陽。）

携帯が鳴るのを聞いたけど、出る気はない。

（雖然聽到手機響了，但是不想接。）

夏が近づいているのを感じる。

（感覺夏天快來了。）

2. 特定字彙

「やめる、手伝う、待つ」習慣和「の」一起使用

例：

喧嘩するのをやめよう！

（別再打架了啦！）

彼は荷物を運ぶのを手伝ってくれた。

（他幫我搬行李。）

田中さんは、彼女が海外から帰ってくるのを待っている。

（田中先生在等他女朋友從國外回來。）

「こと、の」是日常會話中使用頻率非常高的詞彙，在日劇、電影、小說漫畫中經常出現，寫作文時也很實用，雖然看起來有一點點複雜，不過還是花時間練習一下吧。很快就能得心應手了！

	使用方法	例句
「こと」	文法慣用句	留学することにした。 （我決定去留學。）
	特定字彙 （趣味、必要、大切、決める、約束する）	私の趣味は音楽を聞くことだ。 （我的興趣是聽音樂。） 明日必ず来ることを約束する。 （我答應你明天一定會來。）
「の」	形容五官感覺	彼が社長室に入るのを見た。 （我看到他進去了社長室。）
	特定字彙 （やめる、手伝う、待つ）	彼女が来るのを待っている。 （我等她過來。） 荷物を運ぶのを手伝う。 （我幫忙搬行李。）

21/ 明明是「食べられる」、為什麼日本人都唸「食べれる」？—— 日文中的「ら抜き言葉」

問題

我在課本上學到「動詞可能形」的變化方式，但是實際和日本朋友說話的時候，發現他們的講法不太一樣，像是：

もう食べられないよ！→もう食べれないよ！
今日来られそう？→今日来れそう？
請問我們說日文的時候也可以這樣講嗎？

回覆

你提到的問題是日文中的「ら抜き言葉」，先從結論說起，這並非正統文法，但是目前大部分日本人都這麼說，習慣成自然，因此可以直接視爲「正確的日文」。

學術界曾經熱烈討論過這項問題，簡單來說，就是將第二類動詞可能形中的「ら」去掉。

見る　見られる　見れる
食べる　食べられる　食べれる

那麼為什麼會產生這種現象呢？
有二項理由：口語方便、避免和被動形搞混。

「見られる→見れる」「来られる→来れる」相較之下少了一個假名，

變得較容易發音，口語會話中使用較方便，不過更爲重要的理由，應該是「避免意思混淆」，舉例來說，下面例句是什麼意思呢？

私(わたし)、刺身(さしみ)食(た)べられるよ。

（我可以吃生魚片？我的生魚片被吃了？）

銀行(ぎんこう)の金庫(きんこ)、開(あ)けられる。

（我可以打開銀行金庫？銀行金庫被打開了？）

由於日文「第二類動詞」的「可能形」和「被動形」變化方式一模一樣，因此有時容易產生意思上的誤會：

食(た)べる：
食(た)べられる。**（可以吃、被吃）**

開(あ)ける：
開(あ)けられる。**（可以開、被開）**

為了避免在說話時產生誤會，因此就習慣將「可能形」中的「ら」去掉，改說成「食(た)べれる」「開(あ)けれる」了！

其他例句還有：

会員登録(かいいんとうろく)すれば、ビデオが無料(むりょう)で見(み)れるよ。

（登錄會員的話，就能免費看影片喔！）**見(み)られる→見(み)れる**

海で取った海草は、そのまま食べれるよ。

（海中採到的海草，可以直接吃。）**食べられる→食べれる**

彼は仕事が忙しいから、今日来れないかも。

（他工作很忙，今天可能不會來了。）**来られない→来れない**

大学生によくあるパターンは「夜寝たくない、朝起きれない」。

（大學生經常是「晚上不想睡、早上起不來」。）

起きられない→起きれない

学校の図書館は、一回５冊の本が借りれる。

（學校圖書館，一次可以借五本書。）**借りられる→借りれる**

動詞可能形～られる	食べられる 来られる	正統標準的日語文法	容易和動詞被動形混淆	文章和正式文書必須使用此種形式
動詞可能形～れる	食べれる 来れる	偏向口語的日語文法	不會和動詞被動形混淆	口語會話中多使用此種形式

其實呢，日文中還有許多「不合文法、但是大家都這麼說」的情況，我們介紹另外二種：

① 形容詞、動詞＋です

この小説が面白いです。（這本小說很有趣）

今晚、飲み会に行かないです。（今晚不去聚餐）

在最早的文法理論當中，「い形容詞、動詞ない形、動詞たい形」不接續「です」，後來經過改正，「い形容詞」可以接續「です」，動詞則還是不行。

不過由於使用的人愈來愈多，現在「動詞ない形、動詞たい形」加「です」也是正確的日文了。

因此，說「行かないです」或是「行きません」都是ＯＫ的！

例：

このラーメンはおいしいです。（這碗拉麵很好吃。）

ここからの眺めは素晴らしいです。（這裡的視野很棒。）

彼が来ると思わないです。（我不覺得他會來。）

日本語通訳になりたいです。（我想成為日文口譯。）

② 日文的重言

所謂「重言」，指的是在一句話當中包含了二個意思相同的字彙，使得意思重疊，相當於中文的「贅字」。有時候會看到這類「重言」，不過還是少用為妙喔！

例：

X　新年（しんねん）あけましておめでとう。

（新年過年快樂）

「新年（しんねん）、あけまして」都有「過年」之意，意思重疊，雖然偶爾會聽到有人說，不過不太自然。

○　新年（しんねん）おめでとう

○　あけましておめでとう

（新年快樂）

X　頭痛（ずつう）が痛（いた）い。（頭痛很痛。）**語意怪怪的**。

○　頭（あたま）が痛（いた）い。（頭很痛。）

X　返事（へんじ）を返（かえ）す。（回覆對方的回信。）**同樣的意思說了二次**。

○　返事（へんじ）をする（回信。）

X　電車（でんしゃ）に乗車（じょうしゃ）する。（坐上電車的車。）**這樣會出現二個車**。

○　電車（でんしゃ）に乗（の）る。

○　乗車（じょうしゃ）する。（坐電車、坐車。）

×　日本（にほん）に来日（らいにち）する。（來到日本的日本。）
○　日本（にほん）に来（く）る。
○　来日（らいにち）する。
（來日本。）

不過，有些「重言」，由於日常生活中普通使用，算是一種慣用句，因此也可以算是「正確的日文」。

例：

後（あと）で後悔（こうかい）する。（之後會後悔。）

一番最初（いちばんさいしょ）。一番最後（いちばんさいご）。（最早、最晚。）

元旦（がんたん）の朝（あさ）。（元旦的早上。）
元旦就是一月一日早上之意。

過半数（かはんすう）を超（こ）える。（超過半數。）

22/ 請別人稍等一下，不能用「ちょっと待って」？—— 臺灣人最常犯的日文錯誤

問題

我在學日文之前就有聽過「ちょっと待(ま)って」，知道是「等一下」的意思，但是日本朋友卻跟我這個不能亂用，不然會讓人聽了一頭霧水，請問「ちょっと待(ま)って」該怎麼用呢？

回覆

在臺灣，即使是沒學過日文的人，也能朗朗上口一句「ちょっと待(ま)って」「がんばって」，不過在日文中，「ちょっと待(ま)って」其實是「叫人停下動作」的意思喔！

為了更容易理解，我們以二則情境來解說臺灣人經常用錯的「ちょっと待(ま)って」。

情境一：Ken 在上日文課的時候

先生(せんせい)：Ken さん、問題(もんだい)２の答(こた)えは、何(なん)ですか。
（問題二的答案是什麼呢？）

Ken：ちょっと待(ま)って。（等一下。）

先生(せんせい)：別(べつ)に何(なに)もしないけど。（我又不會對你做什麼。）

Ken：？？？

這裡使用「ちょっと待って」會造成對方誤會，可能是由於中文或臺語的影響，當我們來不及反應、要對方等一下的時候，都會習慣說「ちょっと待って」，不過，其實這是不太自然的日文。

「ちょっと待って」會用在「要求對方別做某件事情」的時候。

例：

ちょっと待って、帰らないでくれ。
（等一下！別回去。）

ちょっと待て！
（給我等一下！停下來！）

如果老師問你問題，你說「ちょっと待って」 的話，意思就會像是「你不要對我幹嘛幹嘛」，容易讓人誤會，例如會話情境中，如果回答不出問題，想要爭取一些時間時，一般會使用「えっと……」「あのう……」來爭取思考的時間。

例：

えっと、答えは……（那個，答案是……）
あのう……そうですね……（那個，這個嘛……）
えっと、そのことについては……（那個，關於這件事……）

情境二：Ken 和朋友約好去逛街，但是 Ken 遲到了

友達：Ken、今どこ？遅いよ　（你在哪裡啊？好慢喔。）

Ken：ごめん！すぐ着くから、ちょっと待ってね。
（不好意思！我馬上到！你等一下喔。）

友達：（変な日本語だな）（心中 OS：真是奇怪的日文呢！）

為什麼朋友會說是奇怪的日文呢？問題還是出在「ちょっと待って」上面，這真的是我們經常會用錯的日文，不只是初學者，即使學了很久的日文，還是很容易犯同樣的錯誤。

剛才提到，「ちょっと待って」指的是「要對方停止做某動作」，因此，如果是要對方「稍等一下」，就不能使用這項講法，會顯得很奇怪，這時就必須用「ちょっと待っていて」的「～ている」形式，表示「請維持現在的動作」。

例：

すぐ着くから、ちょっと待っていてください。
（我馬上到，請稍等一下。）

「～ている」這項文法經常用在「自己先離開、請對方繼續～」的情況下，是很實用的句型喔！在口語會話中，經常將「～ていて」省略說成「～てて」的形式。

例：

トイレに行(い)ってくる。ここにいててください。
（我去一下廁所，你先待在這裡一下喔！）

ちょっと出(で)かける。ゆっくり読(よ)んでいてください。
（我出去一下，你可以慢慢看書沒關係。）

タバコ吸(す)ってくる。食(た)べててね。
（我去抽根菸，你先繼續吃吧。）

すぐ帰(かえ)ってくるから、テレビ見(み)ててね！
（我馬上回來，你先繼續看電視吧！）

順帶一提，若是在工作場合要請客戶「稍等一下」的時候，一般會說成：

少々(しょうしょう)お待(ま)ちください
少々(しょうしょう)お待(ま)ちくださいませ

	使用方法	例句
○ 可以用	請對方停止目前動作	ちょっと待(ま)ってください！ （請停下來！）
× 不能用	請對方稍等片刻	應改為：待(ま)っていてくださいね。 （請稍等一下）
	猶豫的時候	應改為：えっと……／あの…… （那個……）

23/ 時間名詞後面一定要加「に」嗎？——「朝、朝に／まで、までに」的區別

問題

我目前在 Lang-8 上練習用日文寫作文，但是遇到了一些問題。

我寫了「５月１日日本に行きます」被日本網友訂正爲「５月１日に日本に行きます」，說「時間」後面要加上「に」較自然，後來我寫「今朝に六時に起きました」又被訂正成「今朝六時に起きました」，說這裡的時間不可以加「に」……到底要不要加呢？懇請老師解答一下！

註：「Lang-8」為著名交換日記網站，許多不同國籍的母語人士、會互相批改對方的外語作文，達到學習外語的目的。

回覆

究竟「時間名詞」後面要不要加「に」呢？這是困擾許多學習者的問題，我們直接告訴你如何解決。

助詞「に」的用法爲「表示明確的時間點」，因此若是表示一整段時間、或是較不明確的時間，就不適合使用「に」來表示。

我們換個說法：

有數字的時間名詞：加「に」
沒有數字的時間名詞：不加「に」

「８時１０分」有沒有數字？**有！因此要加「に」**
「今日、昨日」有沒有數字？**沒有！因此不用加「に」**

加「に」的情況

除了「８時１０分」「１月１０日」等等有明確數字的名詞之外，「節日、節慶」一般也會加「に」，因爲節日也是有固定明確的時間。

クリスマス：１２月２５日**→有確切日期→＋に**
子どもの日：５月５日 **→有確切日期→＋に**

夏休み：六月底到九月初→可轉化爲數字**→ 一般會＋に**
日曜日：一週的第七天→可轉化爲數字**→ 一般會＋に**

例：

私は毎朝７時に起きる。夜１０時に寝る。
（我每天早上七點起床、晚上十點睡覺。）

私は１９８５年に生まれました。
（我出生於西元１９８５年。）

ブックフェアは7月1日に始まって、5日に終わる。
（書展於７月１日開始、７月５日結束。）

先週の土曜日に、久しぶりに実家に帰った。
（上週六回老家一趟，好久沒回去了。）

彼は夏休みに自転車で台湾を一周しました。
（他在暑假時，騎自行車環臺一周。）

お正月に食べるおせち料理の由来、知ってる？
（你知道日本新年吃的年節料理由來嗎？）

不加「に」的情況

沒有明確數字、用以表示「某一段時間」的名詞，一般不加「に」。

這類名詞有「朝、昼、夜」「今日、昨日、明日」「先月、先週、去年」「昨夜、今晩、今夜」等等。

例：

朝は、希望に起き、昼は、努力に生き、夜は、感謝に眠る。
（早上，滿載希望起床；中午，努力生活工作；晚上，帶著感謝入眠。）

今日、仕事がいっぱい溜まっている。（今天工作累積了很多。）

今晩、寿司でも食べようか！（今晚來吃個壽司吧！）

先週花見に行ったよ！すごく綺麗だった。

（上週去賞花，非常漂亮。）

昨夜夜中3時に寝たから、今朝寝坊をしてしまった。

（昨晚半夜三點才睡，所以今天早上睡過頭了。）

介紹另一項我們經常混淆的類似文法：「まで」「までに」，二者看起來很像，但是意思完全不一樣喔！

まで：時間範圍內所持續的動作。

までに：時間範圍內的特定時間點動作。

まで：表示持續狀態，相當於中文的「一直～」。

までに：表示期限，相當於中文的「～之前」。

具體實例：

夜中3時まで勉強していた。

（讀書讀到半夜三點。）**表示持續狀態。**

一直持續讀書的動作

3時

来週までにレポートを出しなさい。

（報告要在下週前交。）**表示期限**。

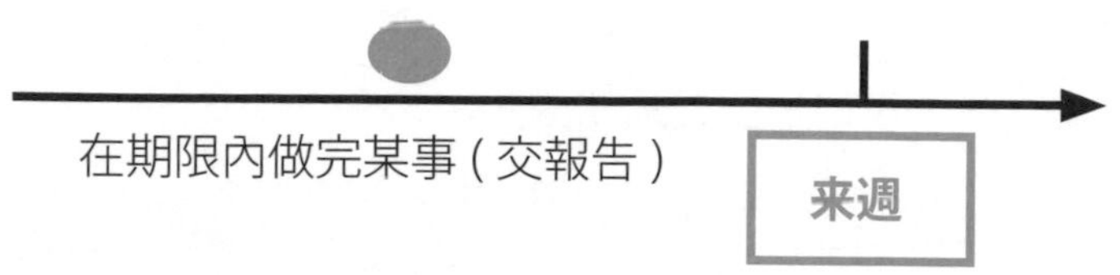

「まで」例句：

友達が来るまで、テレビを見て待っていた。

（在朋友來之前，我一直在看電視等他。）

私は来週の火曜日まで実家にいる。水曜日に台北に帰る。

（下週二之前，我會一直待在老家，週三會回臺北。）

大学を卒業するまで、親からお小遣いをもらっていた。

（到大學畢業為止，我都一直向父母拿零用錢。）

もうすぐ期末テストだから、毎日夜中まで勉強している。

（期末考快到了，我每天都讀書讀到半夜。）

「までに」例句：

友達が来るまでに、部屋を片付けておきたい。

（在朋友來之前，想先整理好房間。）

来週の火曜日までに、レポートを提出してください。

（請在下週二之前交報告。）

大学を卒業するまでに、大学院に行くかどうかを決める。

（在大學畢業之前，決定是否要讀研究所。）

郵便 局は午後５時までだから、
５時までに手紙を出してください。

（由於郵局只營業到下午五點，因此請在五點前將信寄出去。）

	使用場合	例句
加「に」	有數字的時間名詞	朝８時半に起きる。 （早上八點半起床。）
		年賀状は１月１日に届く。 （賀年片１月１日收到。）
	有明確日期的節日	クリスマスイブに予定がある。 （聖誕夜和人有約。）
		お正月に温泉旅行に行く。 （過年去溫泉旅行。）
不加「に」	無明確數字的一段時間	昨夜眠れなかった。 （昨晚睡不著。）
		来 週 花見に行く。 （下週去賞花。）

24/「ある」？「いる」？最準確的判別方式！——表示存在地點的句型和動詞

問題

我剛學日文不久，現在學到了「表示場所」的句型，像是「部屋(へや)に犬(いぬ)がいます」「部屋(へや)に椅子(いす)があります」，有二項疑問想請問老師，請問地點場所的後面，用「に、で」有什麼不一樣呢？什麼時候該用「います」、什麼時候用「あります」呢？

回覆

我們依序解答您的問題，首先是地點場所後面的助詞，一般常用的有「に、で」二種，不同之處在於：

「場所＋に」：表示物體「存在」的地點
「場所＋で」：表示「動作進行」的地點

慣用句型爲：

物體　は　場所　に　いる（います）／ある（あります）
物體　は　場所　で　動詞

例：

子猫(こねこ)はピアノの上(うえ)にいる。（小貓在鋼琴上。）

子猫(こねこ)は部屋(へや)でエサを食(た)べる。（小貓在房間吃飼料。）

ほら、先生(せんせい)はあそこにいます。（你看！老師在那裡！）

おい、そこで何(なに)してるんだ？（喂，你在那裡做什麼？）

このマンションに部屋(へや)が３つ(みっ)ある。（這間公寓有三個房間。）

このマンションでペットと楽(たの)しく暮(く)らす。
（我在這間公寓和寵物快樂地生活。）

那麼，在表示存在地點的句型中，使用「ある、いる」又有什麼不同呢？什麼時候用「ある」、什麼時候又用「いる」呢？

其實區分方法不只一種，我們介紹三種常用的區分法，我們推薦使用方法三。

方法一（參考用）：有情物和無情物

簡單來說，有表情的物體用「いる」，沒有表情的物體使用「ある」。這是學術理論中經常出現的區分方法，缺點是較難理解何謂「有沒有表情」。

例：

水裡游的魚：有表情、用「いる」

魚攤上賣的魚：有無表情呢？
神隱少女中的無臉男：有沒有表情？
機器人：算不算有表情呢？

方法二（參考用）：會動和不會動

會動的物體用「いる」，不會動的物體使用「ある」，同樣有許多例外。

例：

機器手臂：會動，但是會用「ある」。
蛹：不會動，但是會用「いる」。
隨風飛舞的紙屑：會動，但是會用「ある」。

方法三（推薦）：有生命和無生命

有生命的物體用「いる」，沒有生命的物體使用「ある」，這是我們經常用來教導學生的區分方式，雖然也有例外，不過較好理解。

例外：
植物：有生命但不會動，感覺像沒有生命，用「ある」。
幽靈：理論上沒有生命、但是像人一樣，用「いる」。

文法 1-24

🎧例：

水槽(すいそう)に魚(さかな)が３匹(ぴき)います。（水槽裡有三隻魚。）**有生命**

魚屋(さかなや)に魚(さかな)が沢山(たくさん)あります。（魚攤上有很多魚。）**死掉的魚**

あの屋敷(やしき)に幽霊(ゆうれい)がいるらしい。（那間房屋裡好像有幽靈。）

学校(がっこう)に桜(さくら)の木(き)が三本(さんぼん)あります。（學校裡有三棵櫻花樹。）

有時候，我們會聽到日本人對「沒有生命」的東西使用「います」，例如「タクシーがいます！（有計程車）」，這是爲什麼呢？因爲他們稱呼的對象，並不是計程車這輛車子，而裡車子裡的「駕駛員」，駕駛員是有生命的，因此會使用「いる」。

🎧例：

あ、タクシーがいる！乗(の)って帰(かえ)ろう。
（啊、那裡有計程車！我們坐車回去吧。）**指計程車＋司機**

渋滞(じゅうたい)がひどいね。前(まえ)に車(くるま)が20台(だい)ぐらいいる。
（塞車好嚴重啊，前面大概有二十輛車子。）**指車子＋駕駛的人**

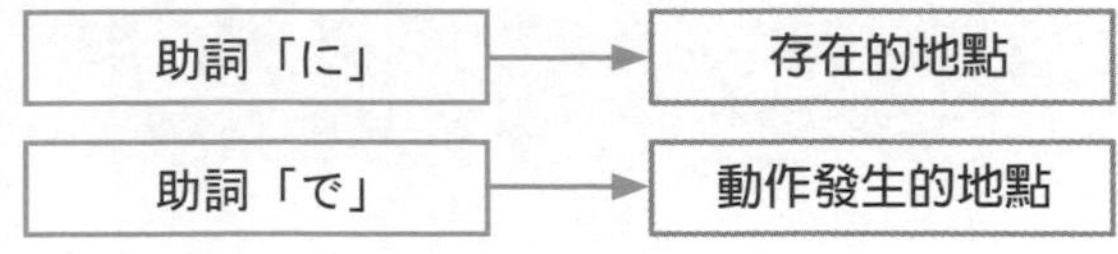

	使用場合	例外情況
いる	有生命的人和動物	擬人化的物體也用「いる」，例如「幽靈」「機器人」。
ある	無生命的物體	植物使用「ある」

25/ 「どれ、どの、どちら」該如何區分使用時機？—— 詳解日文「こそあど」系統

日文中有「こそあど系統」，專門用來表示方向，我在課本中有學到一些，不過很混亂，可以請老師歸納一下「こそあど」的用法嗎？另外，「どちら」「どれ」中文都是「哪個」，又有什麼地方不一樣呢？

回覆

日文「こそあど系統」稱爲「指示代名詞」，用以表示人和物體距離自己的相對位置，舉例說明 ：

距離自己近的東西，使用「これ」。

距離對方近的東西，使用「それ」。

それは鉛筆です。

距離雙方都遠的東西，使用「あれ」。

あれは鉛筆です。

當作疑問詞用的時候，使用「どれ」。

鉛筆はどれですか?

我們將常用的「こそあど」整理成下方表格：

	近距離	中距離	遠距離	疑問詞
代名詞	これ	それ	あれ	どれ？
後接名詞	この本	その本	あの本	どの本？
地點	ここ	そこ	あそこ	どこ？
方向	こちら	そちら	あちら	どちら？
狀態	こんなこと	そんなこと	あんなこと	どんなこと？
動作	こうする	そうする	ああする	どうする？

例：

このレストランのワッフルは、最高（さいこう）にうまい！
（這間餐廳的鬆餅，超好吃！）

ここのワッフルは最高（さいこう）にうまい！
（這裡的鬆餅超好吃！）

こんな美味（おい）しいワッフル、食（た）べたことがない！
（我沒吃過這麼好吃的鬆餅！）

（メニューを見（み）ながら）じゃ、これにする！
（一邊看菜單：我要點這個！）

（ナイフとフォークを取(と)って）ワッフルはこう食(た)べるんだよ！

（拿起刀叉鬆餅：要這樣吃才對！）

こちらはご注文(ちゅうもん)のワッフルです。

（這是您點的鬆餅。）

接下來的問題是，疑問詞的「どれ、どちら」有什麼不一樣呢？

1. デザートはどれにしますか？
2. デザートはどちらにしますか？

（甜點要吃什麼呢？）

區分方法：

「どれ」：用在從三樣以上東西中選擇一樣的時候。

「どちら」：口語說成「どっち」，從二樣東西選擇一樣的時候。

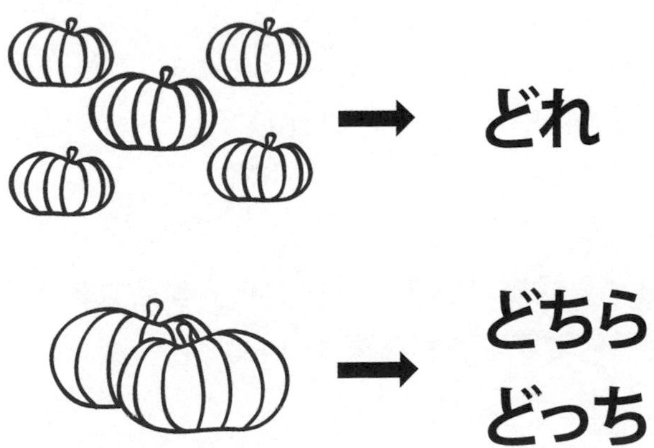

例：

紅茶と緑茶、どちらにしますか？どっちでも OK ですよ。

（紅茶和綠茶，你要哪一種呢？選哪一種都可以。）**二選一**

どれも美味しそうだな。どれにしようかなー

（每一種看起來都好好吃。要選哪個好呢？）**多選一**

田中さんなら、スマホはどれを選びますか？

（如果是田中先生你的話，會選哪一牌的智慧型手機呢？）**多選一**

どっちの料理ショー：今夜のご注文は、どっち？

（料理東西軍：今晚的菜色，你要選哪一種？）**二選一**

友達の結婚式に着ていくワンピース、どれがいい？

（要穿去參加朋友婚禮的洋裝，哪一件比較好呢？）

從許多件選一件

友達の結婚式に着ていくワンピース、どっちがいい？

（要穿去參加朋友婚禮的洋裝，哪一件比較好呢？）

從二件選一件

順帶一提，在商務正式場合當中，「～ちら」也用來表示「人物和地點」，這是較禮貌尊敬的說法。

誰、どこ：どちら
これ、この人、ここ：こちら
それ、その人、そこ：そちら

例：

お住まいはどちらでしょうか？（請問您住在哪裡呢？）

こちらは、ご注文のケーキでございます。（這是您點的蛋糕。）

田中一郎様は、どちら様でしょうか？
（田中一郎先生是哪一位呢？）

こちらは営業部長の鈴木です。（這位是營業部長鈴木。）

明日、そちらに参ります。（明天會前往造訪貴公司。）

平時說法	中譯	商務場合禮貌說法	中譯
だれ	你是誰？	どちら	您是哪位
どこ	哪裡？		何處
これ	這個	こちら	這是
この人	這個人		這位
ここ	這裡		此處
それ	那個	そちら	那位
その人	那個人		您那裡
そこ	你那裡		那是

MEMO

音速老師教你：
一口氣解決 50 項日文難題！

02 字彙篇

01／一分鐘記住「星期」的日文唸法！

日文中的「星期說法」和中文完全不同，一直記不起來，請問有什麼容易記憶的方法嗎？

回覆

日文的星期說法，是以「金木水火土日月」來表示，不但和中文不同、而且其排序方式也沒有規則可一循。

月曜日（げつようび）：週一
火曜日（かようび）：週二
水曜日（すいようび）：週三
木曜日（もくようび）：週四
金曜日（きんようび）：週五
土曜日（どようび）：週六
日曜日（にちようび）：週日

那麼，該如何記憶呢？我們依據以往教學經驗和網友們的分享，整理出以下「六種」記憶方式，請依喜好隨意取用。

方法一：中文口訣

將「日月火水木金土」當作口訣，多唸幾次、唸到滾瓜爛熟即可，看起來很笨，不過也是最容易的方式，不需要什麼高深的技術……唸到記起來即可。

方法二：日文口訣

「げ、か、すい、もく、きん、ど、にち」

將上述口訣多練習幾次，直到記起來爲止，日文口訣的優點在於可以同時記住「星期」的日文發音，會話時可以直接脫口而出。幾年前的日本節目「校園瘋神榜（学校(がっこう)へ行(い)こう！）」，節目中有一項小遊戲就是使用這項口訣，因此對有看過節目的人來說，應該會容易記憶許多。

方法三：進階口訣

「日日　一月　二火　三水　四木　五金　六土」

將「方法一」的口訣加上中文的星期數字，好處是可以直接將中日文互相轉換，不需要重頭數起。

例：中文星期四→日、月、火、水、木→木曜日(もくようび)
　　中文星期四→四木→木曜日(もくようび)
　　日文木曜日→四木→星期四

方法四：美少女戰士出場順序

相信一定不少人看過卡通「美少女戰士」。我們可以利用美少女戰士的出場順序，來記憶日文的星期唸法。不過記得要將「火」和「水」替換一下。

1. 水手月亮：月野（つきの）うさぎ（月野兔）

2. 水手水星：水野亜美（みずのあみ）（水野亞美）

3. 水手火星：火野（ひの）レイ（火野麗）

4. 水手木星：木野（きの）まこと（木野真琴）

5. 水手金星：愛野美奈子（あいのみなこ）

6. 水手土星：土萌（ともえ）ほたる（土萌螢）

方法五：聯想記憶法

日文	中文	記憶方式
月曜日（げつようび）	週一	一年之初是「一月」
火曜日（かようび）	週二	火有「二」點

水曜日（すいようび）	週三	「三」點 水（部首）
木曜日（もくようび）	週四	木有「四」筆劃
金曜日（きんようび）	週五	「五」金行
土曜日（どようび）	週六	無特別記憶法
日曜日（にちようび）	週日	和中文一樣

方法六：聯想記憶法二

日文	中文	記憶方式
月曜日（げつようび）	週一	一月
火曜日（かようび）	週二	肚子「餓」 了發火
水曜日（すいようび）	週三	「山」水畫
木曜日（もくようび）	週四	和別人 「四」目相交
金曜日（きんようび）	週五	「五」金行
土曜日（どようび）	週六	「土」長得 很像「六」
日曜日（にちようび）	週日	和中文一樣

既然提到了「星期」，那我們就順便討論一下「時間」說法，經常有人詢問日文的「晚、夜」有何不同，以下列舉出日文常用的「時間帶」說法：

日文	中文	說明
明け方（あけがた）	天亮	日出前半小時、一直到太陽完全升起的時間。
早朝（そうちょう）	清晨	早上太陽出來後二小時之內
朝の内（あさのうち）	上午	早上太陽出來後～早上十點左右的時間
正午（しょうご）	中午	中午十二點前後
午前（ごぜん）	AM	半夜零點～中午十二點
午後（ごご）	PM	中午十二點～半夜零點
夕方（ゆうがた）	黃昏	太陽下山前三十分鐘左右

日文	中文	說明
昼（ひる）	白天	日出到日落的這段時間
晩（ばん）	晚上	日落到晚上睡覺前（九點左右）的時間
夜（よる）	夜晚	日落到隔天日出的這段時間

02/ 一分鐘了解動詞「かける」的各項意思！

問題

我目前正在準備今年的日文檢定考試，雖然文法部分沒什麼問題，但是自覺單字量不足，現在正努力衝刺單字當中。我發現日文中有許多「多義字」，特別是「かける」這個動詞，字典上查到有數十種用法，請問有沒有方法可以記憶呢？

回覆

感謝您提出這個棘手的問題（笑）。

日文動詞「かける」堪稱是史上最多用法的單字，不但意思衆多，更要命的是還可以和其他動詞結合，變成「複合動詞」……

不過，方法還是有的，我們將「かける」衆多用法整理成四大項，雖然需要一些「想像力（你沒聽錯！）」，但絕對可以讓您順利理解。

「かける」的用法大致分爲四項：

基本義：掛東西

延伸義：賭博

延伸義：快速奔跑

延伸義：欠缺

用法一：掛東西

「かける」漢字寫作「掛ける」，原意是「將某物掛在某地方」，後來引申出一大堆抽象意思和漢字寫法。

寫成漢字「掛(か)ける」：掛東西之意。

例：

油絵(あぶらえ)を壁(かべ)に掛(か)ける。

（將油畫掛在牆壁上。）

寝(ね)ている猫(ねこ)に毛布(もうふ)を掛(か)ける。

（幫睡著的小貓蓋毛毯。）

寫成假名「かける」：抽象意思（需要一些想像力。）

例：

１０００円(えん)をかけてやっと手(て)に入(い)れた。

（花了一千圓終於入手了）**將錢「掛在」物品上面→花費金錢**。

一時間(いちじかん)をかけて歩(ある)いて帰(かえ)った。

（花了一小時走路回家。）**將時間「掛在」動作上面→花費時間**。

友人(ゆうじん)に電話(でんわ)をかける。

（打電話給朋友。）**以前室內電話要將話筒「掛在」耳朵上→打電話**。

家(いえ)を出(で)るときに、ドアに鍵(かぎ)をかける。

（出門的時候將門上鎖。）**把鑰匙「掛在」門上→上鎖之意**。

2かける2は4になる。

（二乘二等於四。）**將二「掛在」二上面→表示乘法。**

寫成漢字「架ける」：建造橋樑之意。

例：

この川に橋を架ける工事が進んでいます。

（這條河川的橋樑工程正在進行中。）

寫成漢字「懸ける」：表示「拼命～、賭上～」之意。

例：

命を懸けても大事な家族を守る。

（拼了命也要保護重要的家人。）

用法二：賭博，寫成「賭ける」

例：

競馬に大金を賭けたが、はずれだった。

（花大錢去賭馬，不過全部都揁龜了。）

ね、どっちが勝つか、賭けてみないか？

（喂，要不要賭賭看哪一隊會贏？）

用法三：快速奔跑或飛翔，寫成「駆ける、翔ける」

例：

ドラマに間に合うように、家に駆けて帰った。

（為了趕上連續劇，我狂奔回家。）

竜に乗って空を翔ける夢を見た。

（我夢到自己騎著龍在天空飛翔。）

用法四：表示欠缺，寫作「欠ける」

例：

彼女は頭いいが、自信に欠けている。

（她雖然很聰明，但是欠缺自信。）

このお皿は縁が欠けた。

（這個盤子缺了一角。）

剛才提過，「かける」不但本身意思很多，還會和許多動詞結合形成「複合動詞」，這也很令人頭痛，要記憶這些詞彙，同樣需要一點「想像力」！

追いかける：追趕、追求。

「追う＋かける」→**在對方後方追著跑、想將東西掛到對方身上**。

例：高木さんは佐藤ちゃんを追いかけている。

（高木先生在追佐藤小姐。）

出かける：出門

「出る＋かける」→**出去時會順手拿起大衣「掛在（穿在）」自己身上**。

例：ちょっと出かけるね。6時までに帰る。

（我出門一下，六點前會回來。）

話しかける：向對方搭話、攀談

「話す＋かける」→**將自己的話「掛在」對方身上**。

例：いくら彼女に話しかけても、返事してくれなかった。

（無論我怎麼找她說話，她都不理我。）

呼びかける：呼籲

「呼ぶ＋かける」→**將自己的呼喊「掛在」大家身上**。

例：台風被災地支援への協力を呼びかける。

（呼籲大家協助支援颱風災區的重建工作。）

腰かける：坐下

「腰＋かける」→**將腰部「掛在」椅子上**

例：どうぞ、かけてください。（請坐。）

見かける：碰巧看到

「見る＋かける」→**將視線「掛在」經過的人身上**。

例：昨日、映画館で大学時代の先生を見かけた。

（昨天在電影院看到大學的老師。）

振りかける：撒上去，「ふりかけ」是「撒在飯上的香鬆」

「振る＋かける」→**將東西掛在另一個東西上**。

例：日本のふりかけは、台湾のと味がまったく違う。

（日本的香鬆和臺灣味道完全不同。）

意思	寫法	例句
掛東西（具體意思）	掛ける	壁に絵を掛ける。（將畫掛在牆上。）
掛東西（抽象意思）	かける／架ける／懸ける	電話をかける。（打電話。）
		橋をかける。（搭建橋樑。）
		命を懸けて守る。（拚了命保護。）
賭博	賭ける	大金を賭ける。（賭上大筆金錢。）
快速奔跑、飛翔	駆ける／翔ける	急いで駆けていく。（急忙衝過去。）
欠缺	欠ける	集中力に欠ける。（欠缺集中力。）

03 / 如何用鍵盤打出「を、づ、ふぉ」特殊假名？

我學日文一段時間了，但是在電腦打字時、有些假名還是打不出來，例如「ち、つ」的濁音、小字的「あ、う、ゆ」、以及某些特殊外來語假名等等，可以請老師介紹一下這個部分嗎？
另外，老師有推薦的日文輸入軟體嗎？

回覆

關於日文打字方式，目前大多數人都是使用「羅馬拼音」的方式輸入，只要知道五十音的羅馬拼音，就能夠使用鍵盤輸入日文，因此，只要記熟五十音，理論上電腦打字也不會有什麼大問題。

根據經驗，以下是許多人常打不出來的假名：

ん → 「NN」
を → 「WO」
ふ → 「FU」
か → 「KA」
じ → 「JI」
ぢ → 「DI」
づ → 「DU」

若是要打小字「ゃゅょ」，只要在前面加上「L」或「X」即可：

ぁ → 「LA」
ぅ → 「LU」

ゃ　→「LYA」
ゅ　→「LYU」

促音的話，則是重覆後面假名的第一個字母：

もっと　→　「MOTTO」
きって　→　「KITTE」
いった　→　「ITTA」

片假名的長音，則是直接輸入鍵盤右上角的「ー」：

ボーとする。
ミーティング。
ソース。

有些假名有不同發音，不過打字時得依五十音表爲準：

私(わたし)「は」学生(がくせい)です。→　「HA」
「母(はは)」は主婦(しゅふ)です。→　「HAHA」

常見符號的打字方式：

@　→　アットマーク
※　→　ほし、こめじるし
々　→　どう
→　→　みぎ、やじるし
◎　→　二重丸(にじゅうまる)
＃　→　シャープ

最後，有些片假名外來語，會出現像「ヴァ」這種特殊假名（像是「ヴァイオリン」（小提琴）），這時請依照以下方式輸入即可。

スァ swa	スィ swi	スゥ swu	スェ swe	スォ swo
ファ fwa	フィ fwi	フゥ fwu	フェ fwe	フォ fwo
グァ gwa	グィ gwi	グゥ gwu	グェ gwe	グォ gwo
テャ tha	ティ thi	テュ thu	テェ the	テョ tho
デャ dha	ディ dhi	デュ dhu	デェ dhe	デョ dho
ウァ wha	ウィ whi	ウ whu	ウェ whe	ウォ who
ヴァ va	ヴィ vi	ヴ vu	ヴェ ve	ヴォ vo
フャ fya	フィ fyi	フュ fyu	フェ fye	フョ fyo

最後，我們來介紹一下打字軟體，目前臺灣常用的有二種：
「IME 日文輸入法」、「Google 日文輸入法」。
各位一定會問，那我們推薦哪一種呢？答案是因人而異。

日文初學者→「IME 日文輸入法」
日文學到一定程度→「Google 日文輸入法」

「IME 日文輸入法」

這是 Windows 系統內建的日文輸入法，不用另外安裝，功能也較爲陽春。爲什麼我們會推薦初學者使用呢？因爲可以「幫助記憶單字」和「訓練聽力」！

由於功能陽春，不具備智慧轉換功能，因此必須打出「完全正確」的假名、才能正確轉換爲漢字。

舉例來說，「私達（わたしたち）」發音爲「わたしたち」，若是打成「わだしたち」或「わたしだち」，則無法轉換成漢字「私達（わたしたち）」。當漢字無法轉換時，我們就知道是自己打錯日文了。

因此，使用「IME 日文輸入法」能夠強迫我們記住每個漢字的發音，進而快速記憶常用單字（一個單字打錯很多遍後就一定能記起來），也由於記住了漢字發音、因此聽到日文單字時便能快速反應過來，有助於加強聽力。

以下是臺灣學習者經常唸錯的單字：

「北海道（ほっかいどう）」→ ○ ほっかいどう ×ほかいどう
「雰囲気（ふんいき）」→ ○ ふんいき ×ふいんき
「自信（じしん）」→ ○ じしん ×ちしん（地心（ちしん））
「羽田（はねだ）」空港（くうこう）→ ○ はねだ × はねた
「成田（なりた）」空港（くうこう）→ ○ なりた × なりだ

「Google 日文輸入法」

這是近幾年由「Goole」所開發的日文輸入法，優點在於非常厲害的「智慧轉換功能」，當你輸入日文假名時，系統會利用「Goole」龐大的搜尋能力、在網路中找尋合適的字彙，甚至你只要輸入前面幾個假名，系統就會列出常用語句讓你選擇，能夠大量節省打字的時間。

例：

「ありが」→ ありがとうございます

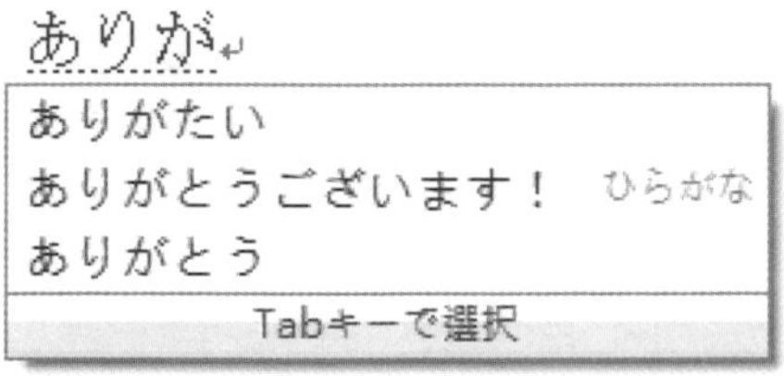

ありが↵

ありがたい
ありがとうございます！　ひらがな
ありがとう
Tabキーで選択

「よろしくお」→ よろしくお願(ねが)いします

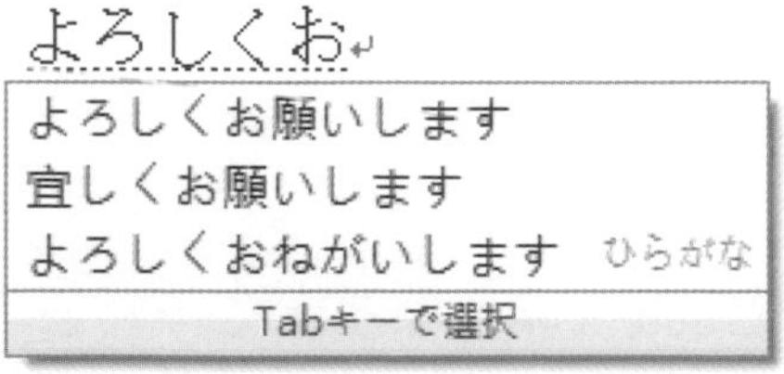

よろしくお↵

よろしくお願いします
宜しくお願いします
よろしくおねがいします　ひらがな
Tabキーで選択

「ふいんき」→ 雰囲気（ふんいき）

ふいんき

→ 雰囲気　<もしかして：ふんいき>
雰囲気や男女
雰囲気あり
Tabキーで選択

「とうきょ」→ 東京（とうきょう）

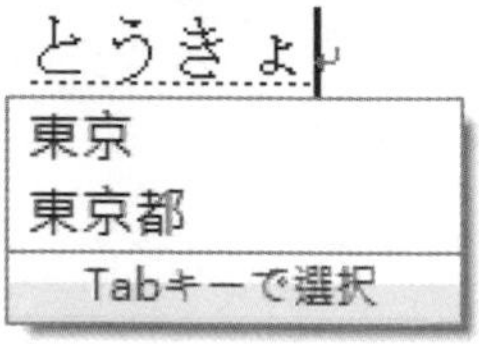

とうきょ

東京
東京都
Tabキーで選択

「昨日（きのう）」→ 常見日期格式

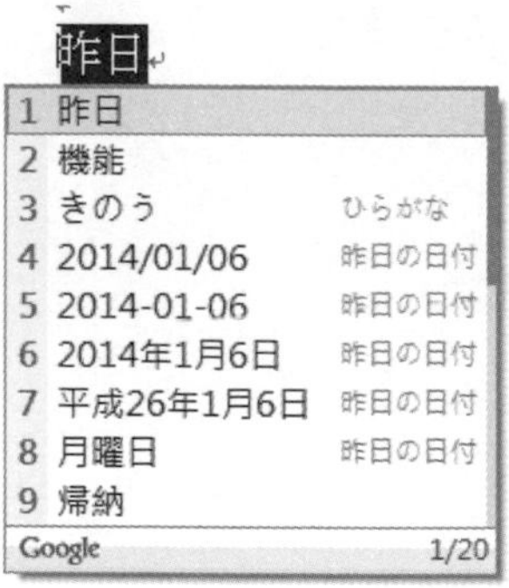

昨日

1 昨日
2 機能
3 きのう　ひらがな
4 2014/01/06　昨日の日付
5 2014-01-06　昨日の日付
6 2014年1月6日　昨日の日付
7 平成26年1月6日　昨日の日付
8 月曜日　昨日の日付
9 帰納
Google　1/20

「明日」→ 常見日期格式

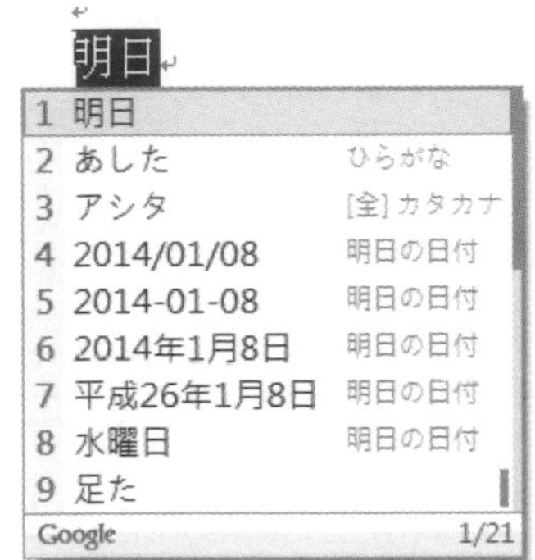

「じしん」がおこる → 地震が起こる

じしんがおこる

地震が起こる
自身が起こる
Tabキーで選択

かれは「じしん」がない → 彼は自信がない

かれはじしんがない

彼は自信がない
Tabキーで選択

因此，若是具有一定日文程度、不太需要使用打字方式記憶的人，很適合使用「Google 日文輸入法」，事實上，各位現在閱讀的這本書籍，日文部分也是使用此輸入法完成的喔！

「Google 日文輸入法」下載網址：http://www.google.co.jp/ime/

對了，如果想輸入顏文字的話，只要輸入「かおもじ（顔文字）」的話，就有很多選項可選了喔！

例：

(^_^;)

m(_ _)m

(´、ω、`)

(^_-)- ☆

(、_、;)

04／日文單字什麼時候寫成假名？什麼時候寫成漢字？

我有一個困擾很久的疑問，在書寫日文時，有些單字習慣用漢字書寫、有些漢字習慣用假名來寫，請問有什麼規則可循嗎？還是只能看一個字背一個字呢？請老師解惑！

回覆

日文假名和漢字的寫法區別問題，對於我們臺灣學習者是一大挑戰。由於我們的母語是中文，中文由漢字構成，我們對漢字非常熟悉，因此在書寫日文的時候，經常傾向用「日文漢字」而非「日文假名」來表示。

但是在日文當中，有些單字習慣用漢字、有些單字卻習慣使用假名書寫，那麼我們該如何區分呢？其實是有方法的。

情況一：漢字筆劃太多太雜時，傾向使用假名書寫。

鬱：うつ（憂鬱）
檸檬：れもん（檸檬）
林檎：りんご（蘋果）
醤油：しょう油（ゆ）（醬油）
胡椒：こしょう（胡椒）
蜜柑：みかん（橘子）
炬燵：こたつ（桌爐）

暖簾：のれん（布簾）
絨毯：じゅうたん（毛毯）
箪笥：たんす（衣櫃）
煉瓦：れんが（瓦片）

那麼，我們該如何知道哪些漢字常用、哪些漢字不常用呢？很簡單，只要去查日本網路字典即可。

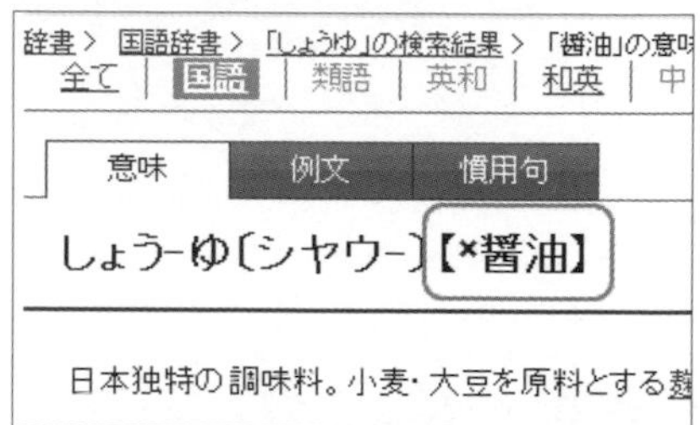

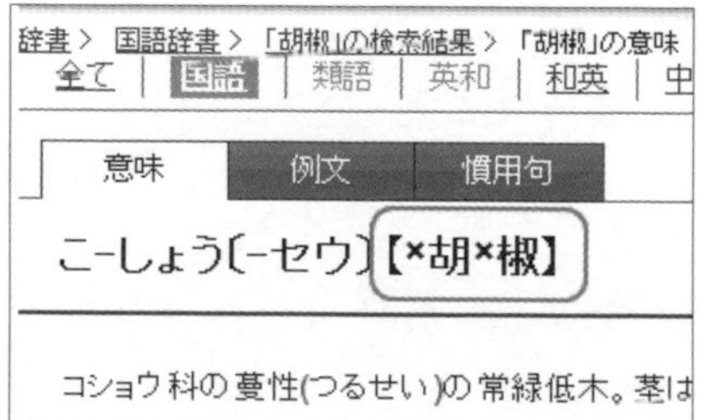

（註：使用網路字典爲「goo 辞書」http://dictionary.goo.ne.jp/jn/）

從上圖可以看到，
「醤油」的「醤」前方有「X」，表示這個漢字不常用，平時會寫成「しょう油」
「胡椒」二個字都有「X」，表示這二個漢字都不常用，因此一般寫成「こしょう」

情況二：動物名稱，習慣以「片假名」書寫。

例：

鮪：マグロ

蛸：タコ（章魚）

鮫：サメ（鯊魚）

亀：カメ

蟹：カニ

蜜蜂：ミツバチ

北極熊：ホッキョクグマ

情況三：同樣單字，當作「名詞或動詞」使用時，習慣寫漢字，當作「助詞」使用時，習慣寫假名。

例：

大変な**事**になる。（事情會變得很嚴重。）**名詞**

大阪に行った**こと**がある。（我曾經去過大阪。）**助詞**

時がたつのが早い。（時間過得真快。）**名詞**

家を出る**とき**、「行ってきます」と言った。

（出門的時候，會說「我出門了」。）**助詞**

本を元の**所**に戻してください。

（請將書放回原本的地方。）**名詞**

今は食事をしている**ところ**だ。（我正在吃飯。）**助詞**

北の**方**に北極星が見える。（北方看得見北極星。）
高速道路より新幹線の**ほう**が速い。（新幹線比高速公路更快。）

荷物を部屋に**置いて**きた。（將行李放在房間中。）
ビールを冷蔵庫に入れて**おく**。（先將啤酒放進冰箱。）

情況四：多數「形容詞」以漢字表示，至於「筆劃較多」的形容詞，則是漢字和假名皆可。

例：

（多使用漢字表示）

大きい（大的）
小さい（小的）
長い（長的）
短い（短的）
古い（舊的）
新しい（新的）

元気（有精神）
便利（方便）
安全（安全）

（寫成漢字或假名都可以）

可愛(かわ)い（可愛）

綺麗(きれい)（漂亮）

賑(にぎ)やか（熱鬧）

健(すこ)やか（健康）

爽(さわ)やか（清爽）

（特例，筆劃不多，不過寫成漢字假名皆可）

おいしい、美味(おい)しい（美味的）

うまい、旨(うま)い（好吃的）

使用假名書寫	筆劃太多的漢字	醤油→しょうゆ
	動物名稱 （片假名）	蝶→チョウ（蝴蝶）
	當作助詞 使用的字彙	日本(にほん)に行(い)った（事→こと）がある。 （有去過日本）
使用漢字書寫	筆劃不多的漢字 （常用漢字）	かいしゃ→会社（公司）
	當作名詞 使用的字彙	詳(くわ)しい（こと→事）は知(し)らない。 （詳細情況我不清楚）
	當作動詞 使用的字彙	流(なが)れ星(ぼし)を（みた→見た）。 （看到了流星）
	筆劃不多的形容詞	（あたらしい→新しい）車(くるま)。 （新車）

05/ 和朋友道別時，不能用「さようなら」？——令人混淆的日文道別用語

問題

想請教日文中「道別」的說法，我在課本上學到「さようなら」這個字是「再見」的意思，但是我和日本朋友出去玩的時候，最後說了「さようなら」，對方的表情有些奇怪；我在日本料理店打工、工作完要離開的時候對店長說「さようなら」，店長的表情也很奇怪，請問是不是用錯了呢？

回覆

我們大致介紹一下日文中常見的「道別用語」。

① さようなら。

多用在「長時間分別、短時間不會見面」的時候。像是送朋友出國留學、搬到很遠的地方、從學校畢業、下定決心辭職等等，平時較少使用，使用時要特別注意場合，以免鬧笑話，例如去醫院探望生病的朋友時，就絕對不可以說「さようなら」，感覺非常不吉利（笑）。

男女朋友分手時也會說「さようなら」，表示之後應該不會再見到面、老死不相往來了。

另外，日本學生在上完課和老師道別時，會說「先生（せんせい）、さようなら～」，老師也會對學生說「みんな、さようなら～」，這算是一種習慣用法。

② じゃ、また。

這是最常聽到和使用頻率最高的道別用語，用在和朋友道別的時候，相當於臺灣人常用的「Bye ～」

有各式各樣的形式：

じゃ。（Bye ～）
じゃね。（Bye 啦 ）

じゃ、また明日（あした）。（明天見～）
じゃ、また来週（らいしゅう）。（下週見～）
じゃ、またそのうちに。（之後再見～）

使用範圍很廣，可以用在家人、朋友、同事、同學等等，除了長輩上司不能用之外，基本上沒什麼禁忌。

③ バイバイ～！

臺灣人最常使用的道別用語，不過可能會嚇到日本人喔！

日文的「バイバイ」一般會用在「幼兒小朋友」或「感情非常非常好」的人身上，一般多為女性使用，因此使用時要特別注意一下，儘管「ByeBye」在臺灣很常用，不過和日本朋友道別時，還是乖乖使用「じゃ、また」吧！以免給人裝熟的感覺。

④ 行(い)ってきます。

要從家中出來、前去上班或上學的時候，會向家人說「行(い)ってきます」，常見的對話是：

兒子、女兒或老公：じゃ、行(い)ってきます！（我要出門了！）
媽媽：いってらっしゃい！（慢走喔！）

這裡千萬不能說「さようなら」，否則會像是你離家出走，再也不會回來一樣（笑）。

⑤ 先(さき)に失礼(しつれい)します。

在工作和商業場合，若是要先行離開，則習慣說「お先(さき)に失礼(しつれい)します（我先行告辭了）」，其他說法都會顯得不夠莊重，這一點要特別注意，以免發生失禮的情況。

（上司交代完事情後）

部長(ぶちょう)：もう仕事(しごと)に戻(もど)っていいぞ。（你可以先回去工作了。）

部下(ぶか)：はい、では、お先(さき)に失礼(しつれい)します。
（好，那麼我就先行離開了。）

（下班時）

部長(ぶちょう)：用事(ようじ)あるでしょう。先(さき)に帰(かえ)っていいよ。
（你不是有事嗎？可以先回家了。）

部下：ありがとうございます。では、お先に失礼します。

（謝謝您，那麼我就先行告辭了。）

⑥ じゃ、気をつけてね。

這也是常用的道別用語，聽起來很貼心，意思是「那麼，請路上小心喔！」，常用在男生和女生出去玩的時候，當男生先送女生回家，女生到家的時候，就會對男生說「じゃ、気をつけてね！」，一邊目送對方離開。

會話情境：

京子：今日は楽しかったね。（今天很開心呢。）

和樹：そうだね。（對啊。）

京子：送ってくれてありがとう。じゃ、気をつけてね！

（謝謝你送我回來，回去時路上小心喔。）

和樹：うん、じゃねー。（嗯，ByeBye ！）

導遊或旅館人員在目送客人回去的時候，也會說「気をつけてお帰りください」，意思大致相同，表示「回去時路上小心喔。」

⑦ では、お大事に

若是前往探視生病的友人時，切記不能說「さようなら」、聽起來像在觸霉頭，在要離開的時候，一般會說「では、お大事に（那麼請多保重）」。

順帶一提，在日本習慣中，前往醫院探視病人時，有幾樣東西是絕對不能送的：

盆栽：不能送有根的植物，「根付く（有根）」→「寝付く（長眠不起）」。

白色的花：喪禮才會用白色的花。

紅色的花：紅色是血的顏色，不吉利。

香味太強的花：會讓人不舒服，例如香水百合。

低垂的花朵：花朵部分朝下的花，例如風鈴百合，「頭が落ちる（頭部朝下、頭掉了）」→「命がない（沒命）」。

日文說法	意思	使用場合
さようなら	長時間分別或是正式場合道別	搬家、畢業、分手、商務場合道別、學生向老師道別。
じゃ	最廣泛使用的說法	向家人、朋友、同事、同學等等道別時。
バイバイ	ByeBye	對方是小孩或是感情非常好的朋友時。多為女生使用。
行ってきます	我要出去了～	用於早上離家工作，因公離開公司的時候。
お先に失礼します	我先告辭了	用於工作和商務場合。
気をつけて	路上小心喔！	較貼心的道別用語。
お大事に	多保重身體	用於探病的時候。

06／道謝時也可以用「すみません」嗎？——萬用字彙「すみません」

問題

上星期我去了一趟日本、拜訪之前認識的日本朋友，由於對方在準備考試，我帶了臺灣寺廟的平安符送給他，希望能保佑順利合格，沒想到對方卻說：わざわざすみません！

「すみません」不是用來道歉的意思嗎？爲什麼日本朋友要道歉呢？還請老師講解一下「すみません」的用法！

回覆

您的日本友人並不是要道歉喔！而是「感謝你特別送我這個」之意。日文的「すみません」用法很特別，我們在課本中學過，向他人道歉時要說「すみません」，不過這項用法可不是只有道歉的意思，還可以用於道謝、詢問、炫耀等等方面！

「すみません」這項用法，源自動詞「済(す)む」，意思是「完成、解決」

例：

海外旅行(かいがいりょこう)の荷造(にづく)りは一時間(いちじかん)で済(す)んだ。

（出國旅行的行李，一小時就整理好了。）

この本(ほん)は図書館(としょかん)で借(か)りれば、買(か)わなくて済(す)む。

（這本書在圖書館借的話，就不用花錢買了。）

これは金で済む問題だと思う？大間違いだ。

（你以為這是錢可以解決的問題嗎？大錯特錯！）

ちゃんと交通ルールを守ろうよ。今回は罰金だけで済んだけど、人にぶつかったらどうする？

（好好遵守交通規則啦！這次雖然罰錢就解決了，不過要是撞到人怎麼辦？）

因此，「すみません」爲「済む」的否定形，意思就是「無法完成、無法解決」，一般用於表示歉意，相當於中文的「抱歉、對不起」。不過，除了道歉意思之外，現在也衍生出其他相關用法，「すみません」廣泛用於以下五種情況當中：

① 表示輕微道歉

例：

遅れてしまってすみません。（很抱歉我遲到了。）

返事が遅くなってすみません。（很抱歉我晚回覆了。）

私のせいでみんなまで叱られて、どうもすみません。

（都是我害大家一起被罵，真的很對不起。）

すみません、十分(じゅっぷん)お待(ま)ちいただけますか？
（抱歉，可以請您等我十分鐘嗎？）

間違(まちが)っていたらすみません。田中(たなか)さんと付(つ)き合(あ)ってる？
（如果是我誤會了那很抱歉，不過你是不是和田中在交往？）

② 當作發語詞，吸引別人注意

例：

すみません！（ちょっと通(とお)してください）
（不好意思！請借過一下。）

（レストランで）あのー、すみません！
（在餐廳：不好意思，可以過來一下嗎？）

路上看到認識的人：
あの、すみません、台湾大学(たいわんだいがく)の林先生(りんせんせい)ですよね！
（啊，不好意思，您是臺灣大學的林老師吧！）

公車快開走了，請司機等一下：
すみません、乗(の)ります！（不好意思，我要坐車！）

③ 用在委婉道謝的時候

例：

おみやげまで買(か)ってくれてすみません！

（還買紀念品給我，真是不好意思啊！）

雨(あめ)の中(なか)でお越(こ)しいただいてすみません。

（感謝各位在大雨中特別蒞臨。）

わざわざ届(とど)けてくれてすみません！

（還讓你特地送過來，真是不好意思！）

田中(たなか)さんも忙(いそが)しいのに、手伝(てつだ)ってもらってすみません。

（田中先生你明明也很忙，卻還來幫我，真是不好意思。）

④ 用於詢問或請求

例：

すみませんが、
スカイツリーにはどう行(い)ったらいいでしょうか。

（不好意思，請問晴空塔要怎麼去呢？）

すみませんが、もう少しゆっくり喋(しゃべ)ってもらえますか？

（不好意思，可以請您說慢一點嗎？）

すみませんが、４階をお願いします。

（電梯中：不好意思，我要到四樓。）

すみません、もう一度言ってください。

（不好意思，請您再說一次。）

⑤ 特殊用法：表示炫耀或諷刺

例：

満点取っちゃってすみませんねー

（真不好意思啊，我拿了滿分呢！）

俺、女にモテてすみませんねー

（我就是受女生歡迎嘛，真不好意思。）

友達が多くてすみませんね！人気者だもん～！

（抱歉，我的朋友就是這麼多！我很有人氣嘛！）

また一位になっちゃってすみませんねー

（我又得了第一名啦！真不好意思呢！）

使用情境	慣用說法	中文意思
輕微道歉	すみません。	抱歉，不好意思。
引人注意	あの、すみません！	那個，不好意思！
委婉道謝	わざわざすみません。	感謝您特地送來。
詢問	すみませんが……	那個……
炫耀	すみませんねー！	真是不好意思啊！

字彙 2-7

07／為什麼說「ごめんなさい」會被客戶白眼？——重要！日文的道歉說法

我在日劇中看到小學生偷拿同學鉛筆、後來被發現之後，向對方道歉說「ごめんなさい」，我想說這應該是正式用法，因此昨天在公司上班時不小心出包，也對前輩說「ごめんなさい」，結果卻被對方白眼。

請問日文有幾種道歉用法，又該如何區別使用呢？

回覆

日文的「道歉用語」是一大學問，不能夠太過草率，以免失禮，也不能太莊重，否則會讓人覺得你小題大作。

常用的有三種：ごめんなさい、すみません、申（もう）し訳（わけ）ございません。

我們依序進行介紹：

① ごめんなさい

道歉程度★☆☆☆☆

相當於中文的「不好意思」

小孩子普遍使用「ごめんなさい」來道歉，這並無問題，但是如果大人使用的話，聽起來會較爲輕率、不夠禮貌，一般用於朋友之間、上司對下屬、客人對店家、年長者對年輕人等等時候。

例：

ごめん、待たせちゃって！

（不好意思讓你久等了！）

ごめんなさい、もう二度と遅刻しません！

（不好意思，我不會再遲到了！）

気づかなくてごめんね。

（不好意思，我沒發現你站在那邊。）

ひどい事を言ってごめんなさい！許してください。

（不好意思我說了過份的話！請原諒我！）**向同學道歉**。

食事中ごめんなさい、ちょっといい？

（不好意思打擾你吃飯，可以過來一下嗎？）**上司對下屬說話**。

② すみません

道歉程度★★★☆☆

相當於中文的「抱歉、對不起」

能夠廣泛用於許多場合，除了太過嚴重的錯誤之外，基本上都可以使用「すみません」。

例如請對方借過、車上踩到別人的腳、小遲到、沒接到電話等等情況，更多關於「すみません」的用法，請參考上一單元。

例：

（コンビニで）万円札(まんえんさつ)ですみません。

（便利商店：抱歉，我只有一萬圓紙鈔，要讓你找錢。）

だいぶ遅(おく)れてしまってすみません。（對不起我遲到太久了。）

「じゃ、使(つか)い方(かた)を説明(せつめい)しましょうか」

「すみません、お願(ねが)いします。」

（那麼，我說明一下使用方法吧！）

（抱歉，那就麻煩您了）

夜分遅(やぶんおそ)くすみません、大事(だいじ)な話(はなし)があります。

（這麼晚打擾你很抱歉，我有重要事情要告訴你。）

忙(いそが)しいところをお邪魔(じゃま)してすみません。

（很抱歉在百忙之中打擾您。）

③ 申(もう)し訳(わけ)ありません

道歉程度★★★★★

相當於中文的「非常對不起、非常抱歉。」

正式的道歉用語，經常用在商業場合中，若是在工作上造成公司或客戶的困擾，一定要使用「申(もう)し訳(わけ)ありません／申(もう)し訳(わけ)ございません」

例：

この度はご迷惑をおかけして、申し訳ございませんでした。
（這次造成您的困擾，我們感到非常抱歉。）

ご注文いただいた商品の納期が遅れ、
まことに申し訳ございません。
（您訂購的貨品交期有所延誤，真的非常對不起。）

せっかくの御厚意にお応えできず、
まことに申し訳ございません。
（無法接受您的好意，我感到非常抱歉。）

部長のご期待にそえず、本当に申し訳ございません。
（辜負了部長您的期待，真的很抱歉。）

④ 詫びる

補充另外二個也會用於道歉的字詞：「詫びる」、「失礼します」。看過日劇《半澤直樹》的朋友，對這個字應該不陌生，「詫びる」為「謝罪、道歉」之意，較為文言、經常用於商業場合和文章書信當中，一般會用在句子中，不像「ごめんなさい、すみません」可以單獨使用。

例：

五億円を取り戻せたら、土下座して詫びてもらいます！
（如果我收回五億元，就要你下跪向我謝罪！）

心から申し訳なく、深くお詫び致します。

（我們衷心向您道歉，真的非常對不起。）

大変ご迷惑をかけました。本当にお詫びの言葉もありません。

（造成您莫大的困擾，我們實在不知該如何表達歉意。）

御社の文章を無断転載してしまった事を、
お詫びに参りました。

（關於任意轉貼貴公司文章一事，我前來向您道歉。）

⑤ 失礼します

嚴格說起來並不算是道歉用語，而較偏向「禮貌用語」，相當於中文的「失禮了、不好意思打擾了」，雖然有時也可以用來道歉，但是程度並沒有向「申し訳ありません」那麼高，常用情況有：

發語詞

失礼ですが、ちょっと話があります。

（不好意思，有件事要告訴你。）

失礼ですが、お名前を教えていただけないでしょうか。

（不好意思，可以告知尊姓大名嗎？）

ちょっと失礼、前を通ります。（不好意思借過一下。）

MP3 2-07

道歉

お話し中 失礼しますが、部長がお呼びです。

（不好意思打擾您談話，部長有事找您。）

お名前を読み間違えて、失礼しました。

（不好意思唸錯你的名字。）

それは失礼しました。こんな若い社長とは思いませんでした。

（真是不好意思，我沒想到社長竟然這麼年輕。）

道別

ちょっと失礼します（トイレに行ってきます）

（我先離席一下。）**去上一下廁所**。

お先に失礼します。（我先行告辭了。）

	中文	道歉程度	使用對象	使用場合
ごめんなさい	歹勢、不好意思	★☆☆☆☆	一般用於朋友之間	很輕微的錯誤。
すみません	抱歉、對不起	★★★☆☆	能廣泛用於許多對象	不太嚴重的錯誤，除工作場合外一般都可以使用。
申し訳ありません	非常對不起、非常抱歉	★★★★★	上司、客戶	很嚴重的錯誤、商務場合的道歉用語。

使用情境	慣用說法	中文意思
發語詞	失礼ですが……	恕我冒昧……
輕微道歉	失礼しました。	不好意思失禮了。
道別	お先に失礼します。	我先告辭了。

08/ 報帳時要領取「レシート」還是「領收書」？——發票收據大不同！

下週要去日本出差，同事特別叮嚀我，買東西或住宿的時候，一定要和店家索取「領收書（りょうしゅうしょ）」，不可以只拿「レシート」，否則會無法報帳。

請問這二者有什麼不同呢？不都是「發票」的意思嗎？日文的「領收書（りょうしゅうしょ）、レシート」長得不一樣嗎？

回覆

中文當中的「發票、收據」，日文中有二種說法：

「レシート」「領收書（りょうしゅうしょ）」

除了一個是外來語、一個是漢字語彙之外，問題來了，這二者在意思上有什麼不同呢？

其實很好區分，翻譯成英文的話就是：

「レシート」：invoice
「領收書（りょうしゅうしょ）」：receipt

以中文來說，

「レシート」：發票
「領收書（りょうしゅうしょ）」：收據

一般來說「領収書（りょうしゅうしょ）」比「レシート」記載更加詳細，一般公司報帳時，需要使用到「領収書（りょうしゅうしょ）」。

在日本，「レシート」多用在便利商店等收銀機，是使用感熱紙印出來的、一般人都會直接丟掉（因爲不能對獎），而且過一段時間後字跡還會消退（笑）。

因此，公司報帳時，一定要請對方開「領収書（りょうしゅうしょ）」。

領收書一般有以下項目：

「発行名目（はっこうめいもく）」：細目

「金額（きんがく）と日付（ひづけ）」：金額和日期

「発行者（はっこうしゃ）の住所（じゅうしょ）」：公司地址

「氏名（しめい）、金銭授受（きんせんじゅじゅ）の但（ただ）し書（がき）」：抬頭，但書

不過，現在許多餐廳和店家，都會特別說明「当店（とうてん）のレシートは正規（せいき）の領収書（りょうしゅうしょ）としてご利用（りよう）いただけます」，表示他們的「レシート」也可以當作正式的「領収書（りょうしゅうしょ）」來用。

レシート：

ソニックストア

ソニックストア東京店
東京都渋谷区南5条東1丁目3-5-1
TEL. 012-303-5566

担当：音速　熊
が承りました。
2014年1月1日（水）　20：12TM

綾鷹500mlPET　￥150

税込小計　1品　￥150
合計　¥150
内消費税　￥7
お預かり　￥200
お釣り　¥50

お買い上げ有難う御座いました。
またのご来店お待ち申し上げます。

領收書：

領収書

No.001166-00
2014/ 1/ 1

音速日語　様

金額	￥　15,000 -

但し、御宿泊代（現金）

1／1～2泊2名分　として、
上記金額正に領収いたしました。

収入印紙

ソニックホテル東京
〒001-0111　東京都OOOOOOOO
TEL：011-444-5566　FAX：011-444-7788
http://Sonic-Learning.com

担当者

另外補充一下結帳時常用會話，記起來會更方便喔！

（情境一）

Ken：すみません、会計(かいけい)お願(ねが)いします。

（不好意思，我要結帳。）

店(みせ)の人(ひと)：恐(おそ)れ入(い)りますが、
お支払(しはら)いはレジでお願(ねが)いいたします。

（不好意思，結帳的話請到櫃臺。）

Ken：あ、わかりました。すみません。

（啊，我知道了，不好意思。）

店の人：ありがとうございます。伝票お預かりいたします。オムライスが一つ、カレーライスが一つ、ビールが二本。合計で２５００円でございます。

（謝謝您，您的消費明細為：蛋包飯一客、咖哩飯一客、啤酒二罐，總共為 2500 圓。）

Ken：（お金を渡す）付錢

店の人：はい、５０００ 円をお預かりいたします。

１、２、２５００円のお返しでございます。

こちらはレシートでございます。

（收您五千圓。１張、２張，總共找您 2500 圓。這是發票。）

Ken：どうも。（謝謝。）

店の人：本日はありがとうございました。お忘れ物のないようにお願い致します。またお越しくださいませ。

（本日感謝您的蒞臨，請帶好隨身物品，歡迎再次光臨。）

(情境二)

Ken：あの、領収書をお願いできますか。

（那個，可以給我收據嗎？）

店(みせ)の人(ひと)：かしこまりました。宛名(あてな)はいかが致(いた)しましょうか。

（了解，抬頭要怎麼開呢？）

Ken：そうですね。会社(かいしゃ)の名前(なまえ)で、

音速日語有限会社(ゆうげんがいしゃ)にしてください。

（嗯，請幫我寫公司名稱：音速日語有限公司。）

或是說：

そうですね。ブランクでお願(ねが)いします。

（嗯，請直接空白就可以了。）

店(みせ)の人(ひと)：失礼(しつれい)ですが、ひらがなでよろしいでしょうか。

（不好意思，請問是用平假名寫嗎？）

Ken：このようにお願(ねが)いします。（名刺(めいし)を出(だ)す）

（請寫成這樣。）拿出名片。

店(みせ)の人(ひと)：恐(おそ)れ入(い)ります。こちらは領収書(りょうしゅうしょ)でございます。

これでよろしいでしょうか。

（不好意思謝謝您。這是您的收據，請問這樣寫可以嗎？）

Ken：はい、OK です。ありがとうございます。

（嗯，可以，謝謝你。）

店(みせ)の人(ひと)：ありがとうございました。またお越(こ)しくださいませ。

（感謝您的蒞臨，歡迎再次光臨。）

09／向服務生要熱水時，不能說「熱い水」？——日本人的冷熱感覺

我上週去日本自助旅行，到了一家很有名的蛋包飯餐廳吃飯，由於日本餐廳都是給冰水，我想喝溫水，因此向服務生說「すみません、熱（あつ）い水（みず）をください」，服務生愣了一下後才說「はい、かしこまりました」並端熱水給我。後來日本朋友跟我說這種說法很奇怪，請問這是爲什麼呢？

回覆

相信只要是臺灣人，都曾經犯過這個錯誤吧！話說回來，中文的「熱水」直譯成日文是「熱（あつ）い＋お水（みず）」，這有什麼不對呢？

其實，在日本人的觀念當中，不同溫度的水、有不同的講法：

お水（みず）：冷水

お湯（ゆ）：熱水

至於多少度算冷水、多少度又算熱水呢？其實是以「體感溫度」爲基準：

お水（みず）：覺得冷冷冰冰的水

お湯（ゆ）：覺得很溫暖的水

因此，若是想服務生給你一杯熱水，會說成：

すみません、お湯（ゆ）をください。（不好意思，請給我熱水。）

如果是「冷水」，則可以說成：

水(みず)をください。（請給我一杯水。）

常温(じょうおん)の水(みず)をください。
（請給我一杯常溫水。）**店家會給一杯常溫水**。

另外，我們經常會混淆的用法還有「あたたかい」的漢字寫法，可以寫作「暖(あたた)かい、温(あたた)かい」，「溫暖的天氣」和「熱湯」都可以說是「あたたかい」， 那麼該如何區分呢？

温(あたた)かい：用於表示液體溫度、或是人情冷暖，相同類型詞彙有「熱(あつ)い、冷(つめ)たい」。

例：

温(あたた)かいスープ。（熱呼呼的湯。）

温(あたた)かいお風呂(ふろ)。（暖呼呼的泡澡。）

彼女(かのじょ)は温(あたた)かい人(ひと)だ。（她很有人情味。）

暖(あたた)かい：用於表示氣溫、或是顏色的色系，相同類型詞彙有「暑(あつ)い、寒(さむ)い」。

字彙 2-9

例：

高雄は冬でも暖かいですよ。（高雄冬天也很溫暖喔。）

この部屋は暖房が効いてて暖かい。（這間房間有開暖氣、很溫暖。）

壁紙は暖かい色調のがいい。（我想用暖色系的壁紙。）

我們有時會聽到「ぬるい」這個字，漢字寫作「温い」，不過並不是溫暖的意思喔！**「ぬるい」具有負面意思，表示「半冷不熱、讓人覺得不舒服的溫度」**，使用上要特別注意！

例：

ぬるい風呂に入ると、風邪を引いてしまうよ。
（泡澡的水溫半冷不熱的話，很容易感冒喔。）

このビールはぬるくてまずいなあ。
（這罐啤酒不太冰、很難喝。）

紅茶がぬるくなったね。氷を入れましょうか。
（紅茶都不冰了，要不要加一些冰塊？）

也可以寫成「生ぬるい」，強調不舒服的感覺，不只能表示溫度，也可以形容「做事沒有效率、半調子」的樣子。

例：

ビールは生（なま）ぬるくて、飲（の）めるもんじゃない。
（啤酒一點都不冰，令人喝不下去。）

「二位（にい）でいい」という生（なま）ぬるい気持（きも）ちでは、優勝（ゆうしょう）できないぞ。
（「第二名就可以了」這種半調子的決心，是無法獲勝的！）

こんな生（なま）ぬるいやり方（かた）では問題（もんだい）が解決（かいけつ）されない。
（這種沒有效率的方法，是無法解決問題的。）

中文	日文
冰水	冷（つめ）たい水（みず）
冷水	お水（みず）
常溫水	常温（じょうおん）の水（みず）
溫水、熱水	お湯（ゆ）、温水（おんすい）、温（あたた）かい水（みず）
很燙的水	熱湯（ねっとう）

日文	重音	使用方式	同類型字彙
暖かい	4號音	表示氣溫或顏色	暑い、寒い
温かい	4號音	表示液體溫度、人情冷暖	熱い、冷たい
ぬるい	2號音	表示半冷不熱、不舒服的溫度	

10/ 為什麼吃藥會說「薬を飲む」？要喝什麼呢？—— 動詞「のむ」慣用字句

我在臉書上寫了一句話：「風邪をひいた。薬を食べたけど良くならない」，結果被日本朋友糾正，說應該是「薬を飲む」比較自然，但是「藥」明明就是用「吃」的啊，爲什麼日文會用「飲む」呢？

「飲む」還有其他的特殊用法嗎？

回覆

對啊，爲什麼「藥」是用喝的、而不是用吃的呢？

有一個好方法可以幫助理解。在以前的中國，如果人生病了要吃藥，必須拿一張藥單去藥房抓藥，然後將藥草放在罐子內加水煮一陣子，最後才能將藥端給病人喝。最早的藥其實是用「喝」的，日本沿用中國的中醫（日文稱爲「漢方医」），因此日文才會說成「薬を飲む」～這樣是不是很好記呢？

如果說成「薬を食べる」，日本人腦中會浮現「將藥當作飯一樣大口吃」的情景（笑）。

那麼，日文的「食べる、飲む」有何不同、「飲む」又有什麼特殊用法呢？

「食べる」：表示將食物送入口中，經過咀嚼後吞下去。

例：

牛がエサを食べる。（牛吃飼料。）

朝食を食べる。（吃早餐。）

この給料では食べていけない。（這樣的薪水吃不飽。）

よく噛んで食べなさい。（吃東西時要細嚼慢嚥。）

夕食を腹いっぱい食べた。（晚飯吃得很飽。）

「飲む」：將液體倒入口中喝下去，若是單獨說「飲む」、一般會聯想到「喝酒」。

例：

林さん、今夜、一杯飲まない？

（林先生，今晚要不要去喝一杯？）

飲んだら乗るな。乗るなら飲むな。

（喝酒不開車，開車不喝酒。）

日本では、水道水をそのまま飲めるところが多い。

（在日本，有許多地區的自來水可以直接飲用。）

「飲(の)む」有些特殊用法：

薬(くすり)を飲(の)む：吃藥。

タバコを飲(の)む：抽菸，也可以說「タバコを吸(す)う」。

飲(の)み込(こ)み：表示「理解能力」。

彼女(かのじょ)は飲(の)み込(こ)みが早(はや)い。すぐ私(わたし)の言(い)うことを理解(りかい)した。

（她的理解能力很好，馬上就懂我所說的話。）

酒(さけ)が酒(さけ)を飲(の)む：

表示起初只喝一小杯酒，後來無法克制愈喝愈多的樣子。

酒(さけ)に飲(の)まれる：表示喝醉酒、喪失了自制力和判斷力。

酒(さけ)を飲(の)むのはいいけど、酒(さけ)に飲(の)まれるのはダメだぞ。

（喝酒沒關係，但是不可以酒後誤事。）

「飲(の)む」漢字也可以寫成「呑(の)む」，這時表示「不經過咀嚼、直接吞下去」之意，也能用在許多抽象情況。

例：

錠剤(じょうざい)を呑(の)む：吞藥丸。

相手(あいて)の要求(ようきゅう)を呑(の)む：答應對方的不合理要求。

丸呑み：整個吞下去，也可以表示「沒經過詳細思考」之意。

例：

ヘビが大きく口を開けて、ネズミを丸呑みにした。

（蛇張開大大的嘴巴，將老鼠整隻吞進去。）

テストのために教科書を丸呑みにした。

（為了考試，只好死背教科書。）

政治家の話を丸呑みにしてはいけない。

（對於政客的話，不能夠隨便當真。）

息を呑む：表示感到震驚、驚訝而倒抽一口氣的樣子。

例：

阿里山の日の出を見て、その美しさに息を呑んだ。

（看到阿里山日出，太漂亮了讓我十分驚訝。）

今朝のニュースを見て息を呑んだ。

（看到今天早上的新聞，覺得非常驚訝。）

声を呑む、言葉を呑む：

將話吞回口中，表示「欲言又止」的樣子。

字彙 2-10

例：

同僚（どうりょう）に話（はな）しかけようとしたが、部長（ぶちょう）の姿（すがた）を見（み）て声（こえ）を呑（の）んだ。

（本來想找同事聊天，但是看到部長過來、只好將話吞了回去。）

父（ちち）に言（い）い返（かえ）そうとしたが、言葉（ことば）を呑（の）んだ。

（本來想向爸爸頂嘴，不過還是將話吞了回去。）

涙（なみだ）を呑（の）む：

將眼淚吞下肚，表示「雖然不願意，但是不得不做」的樣子。

例：涙（なみだ）を呑（の）んで会社（かいしゃ）の方針（ほうしん）に従（したが）うしかない。

（沒辨法，只好含淚遵從公司的政策。）

	使用場合	例句
飲む	喝東西	お茶（ちゃ）を飲（の）む。（喝茶）
	吃藥、抽菸	薬（くすり）を飲（の）む／たばこを飲（の）む
	喝酒（慣用）	一杯（いっぱい）飲（の）まない？（要不要喝一杯？）
呑む	表示理解力	飲み込みが速い（理解能力很強）
	吞嚥	錠剤（じょうざい）を呑（の）む（吞藥丸）
	答應	要求（ようきゅう）を呑（の）む（答應要求）
	囫圇吞棗	教科書（きょうかしょ）を丸呑（まるの）みにする（死背課本）
	慣用語	息（いき）を呑（の）む／声（こえ）を呑（の）む（驚訝到說不出話來）

MP3 2-11

11/ 向對方打氣加油時，最好別用「頑張って」？—— 一定會用到的鼓勵加油用語

我有一個日本朋友正在準備國家考試，每天精神都很緊繃，我想幫她打氣一下，於是對她說「頑張(がんば)れよ」，沒想到對方不但沒有高興、反而顯得有些生氣，說「每日(まいにち)頑張(がんば)ってるよ！」。

請問我到底說錯了什麼話呢？

回覆

日文「がんばる」是「加油」的意思，經常用來鼓勵他人、爲他人打氣，不過有些情況下，使用「がんばる」並不是個好主意，反而會造成對方的壓力。

如果對方已經很拚命、很努力了，而你還是對他說「がんばれ」，對方會想：我現在都這麼努力了，你還要我再努力到哪裡去？是我努力不夠嗎？

例：

A：がんばれ！（加油！）

B：もうこれ以上(いじょう)がんばれないよ！
（加什麼油啊，是嫌我不夠努力嗎？都已經拚到不行了！）

因此，如果對方眞的已經很努力了，那麼使用「がんばれ」是不太適合的。

不過即使如此，我們也不能夠說「がんばらなくていいんだよ（不用加油沒關係啦）」，否則會很像在詛咒對方。眞是令人頭痛的問題啊！

其實，日文中有許多加油用語，能夠取代「頑張れ」，又能讓對方聽到後心情變好喔。

「頑張る」系列

頑張ってるね（你很努力呢。）

お互いに頑張ろうね（一起加油吧。）

頑張り過ぎないでくださいね（別太過勉強自己喔。）

無理しないでね（別太累了、別累壞身體。）

「比賽和考試」加油用語

楽しんでね（愉快享受比賽吧。）**多用於比賽**。

うまくいくといいね。（希望可以一切順利呢。）

応援(おうえん)しています。（我會幫你加油。）

健闘祈(けんとういの)ります。（祝你成功！）

「幫助對方舒緩壓力」

じっくり行(い)こうよ。（慢慢來比較快啦。）

気楽(きらく)に行(い)こうよ。（放輕鬆一點啦。）

きっと大丈夫(だいじょうぶ)さ。（一定沒問題的。）

「對方洩氣失意的時候」

自信(じしん)もって。（要對自己有信心。）

元気出(げんきだ)せよ。（打起精神嘛。）

輝(かがや)いてるよ。（認真的人最帥氣。）

字彙 2-11

「鼓勵對方堅持下去」

諦（あきら）めるな！（別放棄！）

ドンマイ（別在意！）

ファイト（衝啊～！）

諦（あきら）めたらそこで試合終了（しあいしゅうりょう）だよ。
（現在放棄的話比賽就結束了喔！）

那麼，男女朋友間該如何互相打氣、卻又不造成對方壓力呢？

「今日（きょう）もお互（たが）いに頑張（がんば）ろうね」
（今天我們也一起加油吧。）

「一日充実（いちにちじゅうじつ）した仕事（しごと）ができますように」
（希望我們今天都能充實地工作。）

「一日笑（いちにちわら）って過（す）ごせますように」
（希望我們能微笑過完這一天。）

「素敵（すてき）な一日（いちにち）になりますように」
（希望今天是美好的一天。）

這四句是很棒的話，各位可以試著和另一半說說看喔！

若想參考其他用法的讀者，可以參考這個日本網站，以上四句亦引用此網站：http://komachi.yomiuri.co.jp/t/2009/1215/282169.htm

順帶一提，如果你是被加油的一方，那麼該如何回應呢？很簡單，只要說「ありがとう！頑張る！」就可以了。

例：

A：明日の試合、健闘祈りますね。（明天比賽，祝你獲勝！）

B：ありがとう！俺頑張る！（謝謝！我會加油！）

A：落ち込むな。元気出せよ！（別消沉了啦，打起精神！）

B：ありがとう、もう大丈夫だ。（謝謝你，我已經沒事了）

	實用句 1	實用句 2	實用句 3
祝考試順利	健闘祈ります。	頑張ってるね	応援しています。
祝比賽順利	健闘祈ります。	応援しています。	楽しんでね
對方工作不順	じっくり行こうよ	気楽に行こうよ。	きっと大丈夫さ。
對方無精打采	元気出せよ	いつでも相談に乗るよ	自信もってよ
對方努力工作時	輝いてるよ	無理しないでね	お互いに頑張ろう

12/ 煮熟的蛋，該寫成「玉子」還是「卵」？
—— 料理漢字大不同！

想請教關於「日文漢字」的問題，有時候一樣的單字、卻會有二種不同的漢字寫法，

例：「玉子(たまご)、卵(たまご)」、「鮨(すし)、寿司(すし)」、「海老(えび)、蝦(えび)」

請問二種寫法有哪裡不一樣呢？還是隨便寫都可以呢？

回覆

您一次提出了三項難題，我們就直接開面見山進行解答吧！

「たまご（蛋）」要寫成「玉子(たまご)」還是「卵(たまご)」呢？

還沒做成料理的蛋，多寫成「卵(たまご)」。
已經做成料理的蛋，多寫成「玉子(たまご)」。

例：

鳥(とり)の卵(たまご)。（鳥蛋）
鶏(にわとり)が卵(たまご)をかえす。（雞孵蛋）

玉子(たまご)料理(りょうり)。（蛋類料理）
玉子(たまご)焼(や)き。（煎蛋）
半熟(はんじゅく)玉子(たまご)。（半熟蛋、溫泉蛋）

是不是很簡單易懂呢？

另外，「卵」也可以表示「未來將從事某項職業的人」。

例：

医者の卵。（未來的醫生）**通常指在醫學院就讀的學生**。

弁護士の卵。（未來的律師）**通常指在法學院就讀的學生**。

「すし（壽司）」該寫成「寿司」還是「鮨」？

「すし」語源：從表示「酸っぱい」意思的日文形容詞「酸し」而來

至於二項漢字寫法的起源，分別爲：

「鮨」：日本自古以來的寫法。顧名思義就是「魚を旨く食べる（美味地食用魚類）」，壽司的主角是新鮮的各式魚肉，使用這個漢字來表示十分貼切。

「寿司」：從江戶末期開始使用，明治時代之後廣泛使用的說法，據說這是爲了在婚禮、生日等等喜慶場合中討個喜氣，而將原本的發音「すし」套進漢字、變成「寿司」的型式。「寿司」→「寿を司る」，帶有「掌管壽命、延年益壽」之意，後來此種說法漸漸普及。

那麼二者有何不同呢？

「鮨」：較古老的說法。

「寿司」：相對較新的說法。

日本歷史悠久的老牌壽司店，店名幾乎都是寫成「鮨」，而較便宜和大衆化的「回転寿司」則寫作「寿司」。其實就感覺上來說，店名中有「鮨」的壽司店，感覺價格會比較貴、比較精緻。

若是「壽司種類」的話，一般則習慣寫成「寿司」

例：

握り寿司（握壽司）
稲荷寿司（豆皮壽司）
巻き寿司（卷壽司）

「蝦」「海老」這二種「蝦子」有什麼不同呢？

「蝦」：在水中游泳前進的小型蝦類。

例：

車蝦（明蝦）
ブラックタイガー（草蝦）

「海老」：在海底步行前進的大型蝦類。

例：

伊勢海老（いせえび）（龍蝦）
オマール海老（えび）（螯蝦）

簡單來說，就是以「會不會走路來區分」

由於蝦子有長長的鬍鬚，加上背彎彎的，像是「海中老人」，因此漢字寫作「海老（えび）」，目前在日本料理中，由於「海老（えび）」聽起來雅緻，因此無論是游泳的還是走路的，時常都會使用「海老（えび）」來表示。

卵	還沒做成料理的蛋	例：ダチョウの卵
玉子	已經做成料理的蛋	例：玉子焼き

鮨	歷史較悠久的字	較少用於表示壽司種類	由來：魚を旨く食べる（美味地食用魚類）
寿司	相對較新的字	經常用於表示壽司種類	由來：寿を司る，漢字感覺很吉利

蝦	不會走路、以游泳方式前進的蝦類	體型小	明蝦、草蝦	
海老	在海底步行前進的蝦類	體型大	龍蝦、螯蝦	日本料理店多用此寫法

13／「護士」＝「看護師」或「看護婦」嗎？——不可不注意的日文歧視用語

問題

我在某部以空服員爲主角的日劇中，看到有小孩在飛機裡稱空服員「スチュワーデスさん」的時候，空服員直接糾正他，說應該是「CA さん」才對。因爲學校日文課本中，空服員寫的就是「スチュワーデス」。請問日文中還有類似的字彙需要避免使用嗎？

另外，學校老師也說過，日文的「護士」寫成「看護師」，不能寫成「看護婦」「看護士」，請問日文中的「～士」「～師」又有什麼分別呢？

回覆

日文當中，有許多字彙屬於「差別用語」，意思是古早時代會使用，但是由於帶有歧視的語氣，因此現在儘可能避免使用，電視和報章雜誌中也不可以使用這一類詞彙。

您提到的「スチュワーデス」「看護婦」即是一例。

「看護婦」：由於性別平等法的關係，護士不只限於女性，因此改用「看護師」。「看護士」：感覺男性成份較重，也不太適合。

「スチュワーデス」：「スチュワード」的女性名詞型態，同樣因爲性別平等關係，目前改稱「キャビンアテンダント」「フライトアテンダント」。

其他需注意的「差別用語」還有：

看護婦（かんごふ）：看護師（かんごし）（護士、護理人員）

スチュワーデス：CA、キャビンアテンダント（空服員）

外人（がいじん）：外国人（がいこくじん）（外國人）

OL：女性社員（じょせいしゃいん）（女性員工）

運（うん）ちゃん：運転士（うんてんし）、運転手（うんてんしゅ）（司機）

乞食（こじき）：ホームレス（遊民）

養老院（ようろういん）：老人（ろうじん）ホーム（老人看護中心）

孤児院（こじいん）：児童養護施設（じどうようごしせつ）、ホーム（育幼院）

日雇（ひやと）い：自由労働者（じゆうろうどうしゃ）（打零工）

目（め）が見（み）えない人（ひと）：目（め）が不自由（ふじゆう）な人（ひと）（視障人士）

耳（みみ）が聞（き）こえない人（ひと）：耳（みみ）が不自由（ふじゆう）な人（ひと）（聽障人士）

話（はな）せない人（ひと）：言葉（ことば）が不自由（ふじゆう）な人（ひと）（瘖啞人士）

移民（いみん）：**海外移住者（かいがいいじゅうしゃ）**（移民）

下男（げなん）、下女（げじょ）：**お手伝い（てつだ）さん**（管家、幫傭）

床屋（とこや）：**理髪師（りはつし）**（理髪師）

接著是大難題，日文的「～士（し）」「～師（し）」有什麼不同呢？

「士（し）」：原意是「成年男性」，後來引申指「具有高尚品德的男性」。

例：

騎士（きし）、紳士（しんし）、武士（ぶし）、闘士（とうし）、弁士（べんし）、勇士（ゆうし）、名士（めいし）

在現代日文中，則多指「通過國家考試、擁有證照和認證」的人士。

例：

弁護士（べんごし）、税理士（ぜいりし）、会計士（かいけいし）、航海士（こうかいし）、司法書士（しほうしょし）、不動産鑑定士（ふどうさんかんていし）、建築士（けんちくし）、技術士（ぎじゅつし）

「師（し）」：本意為「教導、教授」，現在多指具有專門技藝和技術，能夠改善生活和帶來貢獻的人。

例：

教師（きょうし）、講師（こうし）、宣教師（せんきょうし）、導師（どうし）、漁師（りょうし）、猟師（りょうし）、能楽師（のうがくし）、医師（いし）、調理師（ちょうりし）、美容師（びようし）、薬剤師（やくざいし）、助産師（じょさんし）、保健師（ほけんし）、マッサージ師（し）、庭師（にわし）、鍵師（かぎし）

另外，表示具有「負面觀感」的職業時，也會使用「師（し）」。

例：

詐欺師（さぎし）

ペテン師（し）（騙子）

	使用場合	例字
士	成年男性	騎士（きし）、紳士（しんし）、武士（ぶし）
	擁有證照的職業人士	弁護士（べんごし）、税理士（ぜいりし）、会計士（かいけいし）
師	教導他人的人士	教師（きょうし）、講師（こうし）、導師（どうし）
	擁有專業技藝、對社會有貢獻的人士	調理師（ちょうりし） 美容師（びようし） 薬剤師（やくざいし）
	負面職業	詐欺師（さぎし）

14／「整理行李」和「整理房間」用的是不同說法？——　各種不同的「整理」說法

我在字典中查詢「收拾」的日文說法，發現有三種說法：「しまう」「片付ける」「まとめる」，我想要表示「收拾行李」時，發現以下三種說法都可以：

「荷物をしまう、荷物を片付ける、荷物をまとめる」

請老師指點一下，到底有哪裡不一樣呢？

回覆

這三項動詞的意思不同，不過光憑文字說明實在有些抽象，我們就用圖片來理解吧！

「しまう」：將物品收納到抽屜或櫃子中，相當於中文的「收納」。

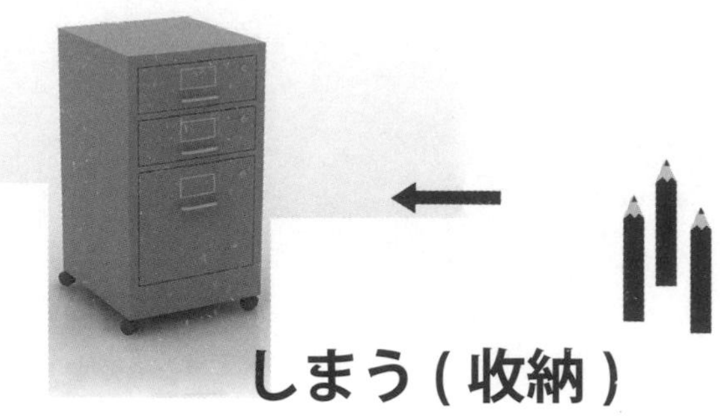

例：

大事なファイルを金庫にしまった。
（我將重要檔案收進保險庫中。）

机の上の雑誌を引き出しにしまった。
（將桌上的雜誌收到抽屜裡。）

洗濯した服を、きれいにタンスにしまっておいた。
（我將洗好的衣物整齊地收到櫃子裡。）

店は毎日夜９時にしまう。（店家每天晚上九點關門。）

長年の赤字で仕方なく店をしまった。
（由於長期虧損，店家只好結束營業。）**特殊用法**。

「片付ける」：將雜亂的物品收拾整齊，相當於中文的「整理」。

片付ける（整理）

例：

部屋がちらかってるから、さっさと片付けなさい！

（房間太亂了，快點去整理！）

食 事が終わったら、テーブルを片付けてくれる？

（吃完飯後，可以幫忙整理一下桌子嗎？）

友達が来る前に、ちゃんと部屋を片付けておきたいと思う。

（我想在朋友來之前先整理好房間。）

也可以表示「將待辦事項完成」之意。

この件は、なるべく早く片付けてほしい。

（希望可以儘快處理好這件工作。）

今日の仕事は全部片付けた。早めに帰宅できそうだ。

（今天的工作全部都做完了，看來可以早點回家了。）

「まとめる」：將多樣物品整合成一個，可用於抽象層面，相當於中文的「整合」。

まとめる（整合）

例：

会議の資料を全部まとめてメールしてください。
（請將開會資料整理好，一起用 Email 寄給我。）

学生時代に書いた文章を、一冊の本にまとめた。
（我將學生時期寫的文章匯整成一本書。）

台風が来るから、一週間分の食料をまとめて買いたい。
（颱風快來了，我想一口氣買齊一星期的食物。）

毎日のドラマを録画して、日曜日にまとめて見るつもりだ。
（我想將每天的連續劇錄下來，週日時再一口氣看完。）

みんなのアイデアをまとめて、
新商品の企画書を書きました。
（我整合大家的想法，完成了新商品企畫書。）

因此以下三句話的意思爲：

「荷物をしまう」：將行李收進櫃子中、將行李放進機艙上方的置物櫃。

「荷物を片付ける」：將散落在房間四處的行李收拾乾淨。

「荷物をまとめる」：整理行李，將衣物和裝備塞進行李箱中、準備出去旅行。

字彙 2-14

以完整例句解說一下：

明日日本に出張することになったから、着替えや靴下など、全部スーツケースにしまっておいた。

（由於明天要去日本出差，因此先將換洗衣物和襪子等等東西，全部收進了行李箱中。）

明日日本に出張することになったから、荷物をまとめてください。

（明天要去日本出差，請你先整理好行李。）**打包行李之意**。

日本の出張から帰ってきたばかりだから、荷物を片付けている。

（我剛從日本出差回來，正在整理行李。）

將散落一地的行李整理乾淨。

	中文	例句
しまう	收納	服をタンスにしまう。（將衣服收到衣櫃中。）
片付ける	整理	部屋をきれいに片付けた。（將房間整理乾淨。）
まとめる	整合	みんなの意見をまとめる。（整合大家的意見。）

15/「あなた」竟然是不禮貌的用法！？——詳解日文第二人稱說法

請問日文的「第二人稱」該如何稱呼呢？課本上教說「你」的日文是「あなた」，但是當我和班上的日本同學說「あなた、一緒（いっしょ）にご飯（はん）を食（た）べませんか」的時候，對方臉上露出不可思議的表情，好像我說了什麼奇怪的話一樣，

請問是不是這裡不能用「あなた」呢？如果是的話，爲什麼課本要這樣教呢？

回覆

臺灣的許多日文教科書，的確都將中文的「你」翻譯成日文的「あなた」，但是在口語會話中，「あなた」其實使用的頻率很低，而且有時聽起來不太禮貌，儘管教科書有教，不過還是少用爲妙。

日文的第二人稱「你」，依照親疏和上下關係而有許多不同說法，這部分很重要、關係到人際關係的好壞，請跟著我們一起學習。

① あなた：用在「不熟的人」或「下位者」，例如陌生人、社長對員工、老師對學生，口語中可以說成「あんた」。另外，老婆稱呼老公也會說「あなた」～

字彙 2-15

例：

A：よう、久(ひさ)しぶり！
B：あなた、誰(だれ)？
（A：唷！好久不見！B：你哪位？）

この財布(さいふ)は、あなたのですか？
（這個錢包是你的嗎？）**路上撿到錢包對陌生人說。**

あんた、名前何(なまえなん)というんだ？
（你叫什麼名字？）**上司對下屬說話。**

あなたみたいな大人(おとな)にはなりたくない。
（我不想成為和你一樣的大人。）
小孩和父母吵架時，刻意保持疏遠。

あなた、晩(ばん)ご飯(はん)出来上(できあ)がったよー（親愛的，晚飯做好囉！）

② きみ：稱呼年紀或職位比自己小的人，經常用於公司企業中。

例：

おい君(きみ)、コーヒーを入(い)れてこい！（喂你，倒一杯咖啡過來！）

そこの君(きみ)、ちょっと手伝(てつだ)ってくれる？
（就是你，可以幫我一下嗎？）

敬語ぐらい覚えろよ、お客様に失礼だろう、君！

（敬語要記熟一點，你這樣對客戶很失禮！）

君はよく頑張った！やっぱり俺は人を見る目がある。

（你做得很好！我果然有看人的眼光。）

③ ～さん：對方的姓氏加上「さん」，這是最常用的第二人稱，不會失禮也不會太過尊敬，不知道該如何稱呼對方的時候，說「～さん」就可以了。

例：

鈴木さん、ちょっと聞きたいことがあるんだけど……

（鈴木先生，我有一件事情想問你……）

まゆみさん、ここで仕事をサボらないでくださいよ。

（まゆみ小姐，別在這裡偷懶不工作啦！）

えっと、中田さん、中田二郎さんですね？

（呃，中田先生，你是中田二郎先生吧？）**回憶對方姓名時**

奥さん、今日もトンカツ弁当にしますか？

（太太，妳今天也要買豬排便當嗎？）**超市店員說的話**

④～ちゃん、～くん：多用來稱呼小朋友，帶有可愛的感覺。若是很好的朋友，也可以稱呼對方「～ちゃん」，男女皆可。另外，學校中稱呼其他同學，也會使用「～くん」。

例：

ゆき君（くん）はいい子（こ）してる？

（裕樹你有乖乖嗎？）**對小孩說話**

まなちゃんはいくつ？背（せ）が伸（の）びたね！

（真奈妳幾歲？長高了呢！）**對小孩說話**

ゆーちゃん、大学卒業（だいがくそつぎょう）したら結婚（けっこん）しようね！

（小悠，大學畢業後我們結婚吧！）**對女朋友說話**

ケンちゃん、日本（にほん）に来（き）たら一緒（いっしょ）に遊（あそ）ぼうね！

（Ken，要是來日本的話一起去玩吧！）**對朋友說話**

今年（ことし）のお正月（しょうがつ）、まさちゃんも帰（かえ）ってくるよね？

（今年過年，小正你也會回來吧？）**對家人說話**

⑤～様（さま）：要表示敬意的時候，會用「姓氏＋様」來稱呼對方，多用在稱呼客戶、或是用在書信當中。

例：

山田様。お世話になっております。
大和商事の鈴木と申します。
（山田先生，平時承蒙您照顧了，我是大和商事的鈴木。）

電子郵件用語

この服はお子様にぴったりですね。
（這件衣服很適合令公子呢。）

部長、台湾商事の林様がお見えです。
（部長，臺灣商事的林先生到了。）

社長の奥様はアメリカ人らしいですよ。
（社長夫人好像是美國人喔！）

⑥ 職位名稱：在學校和公司企業，稱呼老師和上司的時候，最常用的方式便是稱呼其「職稱」，這一項用法要特別記起來。

例：

先輩、卒論の書き方を教えてくれますか？
（學長，可以教我畢業論文的寫法嗎？）

先生、声が小さくて聞こえません！
（老師，太小聲了聽不見！）

課長、メーカーから製品のサンプルが届きました。

（課長，廠商的產品 Sample 寄到了。）

部長、忘年会の通訳は、私にやらせてください。

（部長，尾牙的口譯，請讓我擔任。）

社長、午後の会議にご出席になりますか？

（社長，您會出席下午的會議嗎？）

⑦ お前

較粗魯的說法，男性使用居多、一般用於稱呼關係較好的同性友人，帶有「暱稱」的感覺。有時吵架也會使用，例如「おい、お前！（喂你這傢伙！）」

部分男性稱呼自己女朋友也會用「お前」，但是爲給人過於粗魯和大男人的感覺，建議少用爲妙。

⑧ てめえ、貴様

這是罵人的話，相當於「混蛋、混帳」之意，不要使用，但是被別人罵時也要聽得懂。

另外，在商業書信往來的時候，會習慣用以下方式來尊稱對方的公司：

對方是公司企業時：貴社（きしゃ）、御社（おんしゃ）
對方是商店、店家時：貴店（きてん）：店舗（てんぽ）
對方是電視公司、廣播公司時：貴局（ききょく）
對方是報紙雜誌媒體時：貴紙（きし）
對方是學校時：貴校（きこう）

	實用度	禮貌度	使用對象
あなた	★★☆☆☆	★★☆☆☆	不熟的人、老婆對老公
君（きみ）	★★☆☆☆	★☆☆☆☆	年紀或職位比自己小的男性
～さん	★★★★★	★★★☆☆	幾乎都可以使用
～ちゃん	★★★★☆	★☆☆☆☆	小朋友或很好的朋友
～様（さま）	★★★☆☆	★★★★★	客戶或用於書信中
（職稱）	★★★★☆	★★★★★	老師、上司、客戶
お前（まえ）	★★☆☆☆	沒有禮貌度可言……	稱呼男性友人時
てめえ	★☆☆☆☆	沒有禮貌度可言……	想找架打的時候

16／對上司說「大丈夫」會被白眼！？
—— 不能隨便亂用的「大丈夫」

日文「大丈夫（だいじょうぶ）」這個字，究竟是什麼意思呢？我在公司問課長「コーヒーはどうですか」，課長回答「あ、大丈夫（だいじょうぶ）だ」，我倒了一杯咖啡過去，結果反而被課長罵，「大丈夫（だいじょうぶ）」不是「ＯＫ」的意思嗎？

另外，課長要我幫忙影印資料，我回答「はい、大丈夫（だいじょうぶ）です」，結果還是被罵，說我很沒禮貌，請問又是哪裡說錯了呢？

回覆

日文「大丈夫」是臺灣人很熟悉的詞彙，甚至臺語當中也有類似的用法，不過我們經常會誤用「大丈夫」這個字，以為「大丈夫」是表示「ＯＫ、好啊」之意，其實這是不太自然的用法。

另外，「大丈夫（だいじょうぶ）だ！」是表示肯定還是否定的意思呢？繼續看下去就會知道了

「大丈夫（だいじょうぶ）」原本意思為「承受得住」「沒有立即危險」。

例：

徹夜（てつや）して仕事（しごと）をしてるけど、まだ体（からだ）は大丈夫（だいじょうぶ）だ。
（雖然熬夜工作，不過身體還撐得住。）

A：おい、顔色(かおいろ)が悪(わる)いね！B：大丈夫(だいじょうぶ)だ、二日酔(ふつかよ)いだけだ。

（A：喂，你的臉色很難看耶！B：沒事啦，只是宿醉罷了。）

病人(びょうにん)はもう大丈夫(だいじょうぶ)だ。命(いのち)の危険(きけん)はない。

（病人已經沒事了，沒有生命危險。）

この携帯(けいたい)は水(みず)に浸(つ)かっても大丈夫(だいじょうぶ)そうだ。

（這支手機，聽說泡水也不會有事。）

現在引申出二項意思：

① 表示情況許可、在自己能力範圍之內，相當於中文的「～也可以、～也沒關係」。

例：

発表会(はっぴょうかい)の通訳(つうやく)は私(わたし)一人(ひとり)で大丈夫(だいじょうぶ)だ。

（發表會的口譯，我一個人就可以勝任了。）

今(いま)、電話(でんわ)大丈夫(だいじょうぶ)ですか？ええ、平気(へいき)だ。

（現在可以說電話嗎？嗯，可以。）

火曜日(かようび)はだめだ。水曜日(すいようび)にしてくれれば大丈夫(だいじょうぶ)。

（星期二不行，如果改成星期三的話就可以。）

有給を取ったから、今日会社に行かなくても大丈夫だ。

（我請了年假，所以今天不去公司也沒關係。）

② 用在回答對方的問題時，表示委婉拒絕，多為年輕人使用，取代「要らない、断る、結構です」。

例：

A：酒、もう一杯飲む？B：大丈夫だ。

（A：要再喝一杯酒嗎？B：不用了。）

あ、水はもう大丈夫です。

（啊、不用再加水了。）**在餐廳時**

A：メシ代はいくら？B：大丈夫だ。俺がもつよ。

（A：飯錢多少？B：沒差啦，我來付就好。）

ホテル：自転車ならお貸しできますが。客：あ、大丈夫です！

（旅館人員：自行車的話我們提供外借喔！

客人：沒關係不用了！）

我們臺灣人最常犯的錯誤，就是將「大丈夫」當作「ＯＫ、我知道了、我了解了」的意思使用，使得整句日文意思聽起來很不自然。

例：

課長：林くん、この資料をコピーしてきてください。

（小林，幫我影印一下這份資料。）

陳：大丈夫です。

（沒關係～）言下之意：沒關係，這件事情我做得到！

課長：コピーってそんなに難しいかよ！

（最好是影印有那麼難啦！）

當上司或客戶向你提出要求時，不能說「大丈夫です」，而要改說「承知しました／かしこまりました」，表示「我明白了、我了解了」的意思。

例：

部長：明日の会議、俺のかわりに出てくれない？

（明天的會議，你可以代我出席嗎？）

部下：はい、承知しました。（好的，我了解了。）

客：あの、領収書をください。（那個，請給我收據。）

店の人：かしこまりました。（好的！）

客：じゃ、ワッフルと紅茶にします。（那麼我要點鬆餅和紅茶。）

店の人：かしこまりました。（好的！）

	中文	例句
OK 的用法	承受得住	体は大丈夫だ。（身體還撐得住。）
	情況許可	会社に行かなくても大丈夫だ。（不去公司也可以。）
	委婉拒絕	水はもう大丈夫だ。（我不用加水了。）
不適合的用法	回應上司或客戶要求	改為：承知しました。かしこまりました。（我了解、我明白了。）

17／「化学（かがく）？科学（かがく）？」怎麼唸起來都一樣？—— 如何區別日文同音異義字

問題

日文中有許多單字的發音很相似、甚至一樣，請問有沒有方法區別這裡同音字呢？例如對方說「かがく」，我怎麼知道是「科学（かがく）」還是「化学（かがく）」呢？

中文注音有「五聲」好讓我們辨別字怎麼念，像是「努力／奴隸」「許先生／徐先生」，日文有這一類的區別方式嗎？

回覆

日文當中的確有許多發音雷同的字彙，日本人遇到同音字的時候，大致上會用二種方式去區別：

① 以重音或聲調區分。

② 若是重音聲調皆相同，就改用不同發音區分。

以重音區分：有許多單字寫法相同，但是重音卻完全不同，要特別練習這些單字的發音，以免在會話時造成對方的誤會。中文也一樣，四聲發音不精準也是會造成誤會（例如「買」東西和「賣」東西）。

箸（はし）【1】　橋（はし）【2】
桃（もも）【0】　腿（もも）【1】
飴（あめ）【0】　雨（あめ）【1】

一（いち）【2】　位置（いち）【1】
海（うみ）【1】　膿（うみ）【0】
切（き）る【1】　着（き）る【0】
帰（かえ）る【1】　カエル【0】

以聲調區別：單字的發音方式稱為「重音」，句子的發音方式則稱為「聲調」，基本上是同樣的道理，隨著聲調的不同，句子的意思也會發生戲劇性的變化。

いいですよ～（語尾上升）：好啊。
いいですよ！（語尾下降）：我不要！

ああ…（語尾下降）：是啊……
ああ？（語尾上升）：你說啥？

うん！（語尾下降）：嗯好！
うん？（語尾上升）：啊什麼？

わかります？（語尾上升）：你明白了嗎？
わかります！（語尾下降）：我明白！

おいしくない？（語尾上升）：這很好吃吧？
おいしくない！（語尾下降）：不好吃！

直接使用不同發音：當重音皆相同時，就會將單字中的漢字改為不同發音，以便判斷其意思。

化学：かがく→ばけがく　科学：かがく
私立：しりつ→わたくしりつ　市立：しりつ→いちりつ

工学：こうがく　光学：こうがく→ひかりがく
試行：しこう　施工：しこう→せこう

市道：しどう→いちどう　私道：しどう→わたくしどう
事典：じてん→ことてん　辞典：じてん

基準：きじゅん→もとじゅん　規準：きじゅん→のりじゅん
売電：ばいでん→うりでん　買電：ばいでん→かいでん

抜歯（拔牙齒）：ばっし
抜糸（手術拆線）：ばっし→ばついと

破線（－－－）：はせん
波線（～～～）：はせん→なみせん

另外，臺灣人在發音時，容易將「促音」省略，這樣也會造成意思上的誤會，以下爲容易混淆的相似字彙。

字彙 2-17

1. おと（声音）：おっと（丈夫）
2. しています（做）：しっています（知道）
3. もと（原本）：もっと（更）
4. いさい（異才）：いっさい（一切）
5. ぶか（部下）：ぶっか（物價）
6. にき（二期）：にっき（日記）
7. さし（刺）：さっし（冊子）
8. きて（来）：きって（切）：きいて（聽）
9. いて（在）：いって（去）
10. にし（西）：にっし（日誌）

18/ 品嚐美食時，該說「おいしい」？還是「うまい」？—— 各種「好吃」的說法差異

我想請問「おいしい、うまい」有什麼不一樣呢？在日本吃拉麵的時候，聽到有人說「おいしい！」「うまい！」，還有人會說「やべえ～」，請問有什麼不一樣呢？

另外，之前有日本朋友對我說「日本語(にほんご)がうまいね！」，請問這是稱讚我嗎？爲什麼會用「好吃」的「うまい」呢？

回覆

我們一項一項來，首先是「おいしい、うまい」的區別。二者都是「好吃！」的意思，差別在於「語氣」。

おいしい：感覺較有氣質、較文雅，適合女生使用。
うまい：感覺較隨興、較情緒化，多為男生使用。

具體情境會像這樣：

食物入口的瞬間：うまい！（較直覺）
食物入口後、稍微思考一下：おいしい！（較有氣質）

據日本壽司師傅的說法，他們比較喜歡客人說「うまい！」，因爲感

覺是發自內心覺得好吃，而不是說客套話或場面話。

至於「やばい」，原意是「慘了，糟了！」，現在也用來表示「超好吃！」的意思，不過多為年輕男生使用，感覺較為豪邁。口語中可以說成「やべぇ」。

例：

今回(こんかい)の試験(しけん)、やばいんだ！（這次考試，我真的慘了！）

もう帰(かえ)ろうよ。誰(だれ)かに見(み)つかったらやばいぞ。
（回去了啦！要是被人發現就慘了。）

ああ、貯金(ちょきん)がなくなった。マジでやばい。
（啊！存款見底了，這下真的慘了。）

これ、めっちゃやばい！（這個超好吃的！）

やべぇ～これすげーうめえ！（哇！這個好吃到不行！）

話說回來，「おいしい、うまい」只有「好吃」的意思嗎？那可不，特別是「うまい」這項形容詞，日常生活中經常會用到，一定要好好學一下！

我們可以這樣理解。

おいしい：一般用來表示味道。

うまい：除了表示味道之外，還能廣泛表示「很棒、順利」之意。

可以用英文理解，會更容易明白，

おいしい：Delicious

うまい：Good

具體使用情境：

うまい、おいしい 皆可使用的情況

① 表示「好吃」

例：

一番(いちばん)おいしい（うまい）ラーメン屋(や)は、
「一蘭(いちらん)」だと思(おも)う。
（我覺得最好吃的拉麵店是「一蘭」。）

彼(かれ)はうまそう（おいしそう）にコンビニ弁当(べんとう)を食(た)べている。
（他津津有味地吃著超商便當。）

このレストランの料理(りょうり)は、
どれもうまそう（おいしそう）に見(み)える。
（這間餐廳的菜色，每一樣看起來都很好吃。）

飲み会は嫌いだ。家で飲んだほうが酒がうまい（おいしい）。
（我討厭聚餐喝酒，在家裡喝酒比較自在。）

② 有利益的事情，多用「うまい話、おいしい話」的形式。

例：

そんなうまい（おいしい）話、あるわけがない。
（不可能會有那麼好的事情。）

うまい（おいしい）話に気をつけたほうがいいよ。
（要注意那種過於吸引人的話術。）

「儲かる」といううまい（おいしい）話に乗ってはいけない。
（不可以中計聽信那種「可以賺大錢」的話術。）

只能用「うまい」的情況

① 表示「事情進展順利」

例：

俺は彼女とうまくいってるよ。
（我和女朋友進展得很順利喔。）

商　談の話、うまく行けばいいなー

（希望可以順利談成合作。）

最近（さいきん）、会社（かいしゃ）の同僚（どうりょう）とはうまくいってない。

（最近和公司同事處得不好。）

誰（だれ）でも、物事（ものごと）がうまくいかない時期（じき）があるよ。

（無論是誰，都會有不順遂的時期。）

② 表示「上手、厲害」

例：

口（くち）がうまい男（おとこ）には気（き）をつけたほうがいいよ。

（對於很會甜言蜜語的男生，要特別小心喔！）

さすが音大（おんだい）の学生（がくせい）だ。ピアノがうまい！

（真不愧是音樂大學的學生，鋼琴彈得真好！）

日本語（にほんご）がうまいですね！どのくらい勉強（べんきょう）してるんですか？

（你的日文真厲害！學了多久的時間呢？）

年賀状（ねんがじょう）なら鈴木（すずき）くんに任（まか）せればいい。彼女（かのじょ）は字（じ）がうまいから！

（賀年片交給鈴木去寫就好了，她的字很漂亮！）

③ 特殊用法：表示「有賺頭的事物」，會用「うまみ」的形式。

例：

その提案(ていあん)は我(わ)が社(しゃ)にとって旨(うま)みがないから、断(ことわ)った。
（那個提案對我們公司來說沒有賺頭，因此拒絕了。）

このビジネスはあまりうまみがないと思(おも)う。
（我覺得這個買賣賺不太到錢。）

今(いま)は、不動産投資(ふどうさんとうし)にうまみがありますか？
（現在投資不動產賺得到錢嗎？）

台湾(たいわん)の株市場(かぶしじょう)は、一般投資家(いっぱんとうしか)にとって、うまみがない。
（臺灣的股票市場，對散戶來說無利可圖。）

	語氣	使用族群	口語用法
うまい	隨興	多為男生	うめぇー
おいしい	較有氣質	多為女生	おいしい！
やばい	豪邁	年輕男生	やべぇ！

	意思	例句
うまい、おいしい共通用法	好吃	ラーメンがうまい ラーメンがおいしい （拉麵很好吃）
	有利益的事物	うまい話（はなし）／おいしい話（はなし） （很吸引人的事情）
只能用うまい	順利	彼女（かのじょ）とうまくいっている （和女朋友進展順利）
	拿手	日本語（にほんご）がうまい （日文很流利）
	有賺頭	うまみのない投資（とうし） （沒有賺頭的投資）

字彙
2-19

19/「愛する、好き」哪個更喜歡呢？——表示「喜歡」的日文字彙

請問日文「喜歡」的說法是不是有很多種呢？爲什麼電視中告白的人都說「好(す)きだ！」而不說「愛(あい)してるよ！」呢？二者又有什麼不一樣呢？

回覆

日文中表示「喜歡」意思的用法，的確有好幾種，就像中文也有「喜歡、愛、欣賞、中意、熱戀」等等說法一樣，「喜歡」是很細膩、很抽象的感覺，自然需要多一點字彙來表達囉～

日文常用的說法有：愛(あい)する　好(す)き　気(き)に入(い)る　好(この)む　恋(こい)する

愛(あい)する：相當於中文的「愛」，通常用於表示親情、或是夫妻之間的愛情。

例：

景子(けいこ)、愛(あい)してるよ。一生(いっしょう)景子(けいこ)のそばにいたい。
（景子我愛妳，我想一輩子陪在妳身邊。）

親(おや)は子(こ)どもを愛(あい)しているからこそ、厳(きび)しく叱(しか)るんだよ。
（父母是因為很愛小孩，才會嚴厲斥責他們。）

博士が愛した数式。

（博士熱愛的算式）書名

私は自分が生まれたこの土地を愛している。

（我熱愛自己所出生的這片土地。）

好き：相當於中文的「喜歡」，可以廣泛用於許多事物。

例：

鈴木ちゃんのことが好きだ。付き合ってください！

（我喜歡鈴木妳，請跟我交往！）

そんなことは好きにしろ。自分で決めればいいんだ。

（那種事隨你便，你自己決定就好了。）

彼女をひと目見て、好きになってしまった。

（我第一眼看到她，就喜歡上她了。）

休日は、家でゴロゴロするのが好きだ。

（放假時我喜歡窩在家裡。）

俺は会社に勤める気がなく、自分の好きな道を行くつもりだ。

（我不打算去公司上班，我想走我自己的路。）

気に入る：相當於中文的「中意、欣賞」，一般用於形容東西，較少用來形容人。

例：

私は彼のやり方が気に入らない。卑怯すぎるよ。

（我不太欣賞他的做法，太卑鄙了！）

ここのアイスコーヒーはマジうまい！気にいった！

（這裡的冰咖啡好好喝！我喜歡！）

「カノン」という曲は、私が一番気に入っている曲だ。

（「卡農」是我最喜歡的樂曲。）

気に入った部下を好きになってしまった。

（我喜歡上以前欣賞的下屬了。）

好む：相當於中文的「喜好」，一般用於表示興趣、嗜好。

例：

どんな料理が好み？日本料理？中華料理？

（你偏好哪一國料理？日本料理還是中國料理？）

彼女はスポーツより読書を好むらしい。

（比起運動，她似乎比較喜歡看書。）

お酒とタバコを好まない人が多くなっているそうだ。

（聽說不喝酒和不抽菸的人變多了。）

自分の趣味を押し付けるなよ。人によって好みが違うから。

（別一直推銷你的個人興趣啦，每個人都有不同喜好。）

恋する：專用在喜歡上對方時。

例：

恋に落ちた瞬 間って、どんな時ですか？

（你感覺墜入情網的瞬間，是什麼時候呢？）

私は会社の上 司に恋をしてしまった。

（我喜歡上公司的上司了。）

「脳は０．１秒で恋をする」という本を読んだ。面白かった。

（我讀了「大腦 0.1 秒就會戀愛」這本書，十分有趣。）

比較：「愛する」和「好き」有什麼不同呢？

「好き」：心中喜歡的感覺，表示對某人有好感。

「愛する」：喜歡的程度更深，通常是在長時間相處後所萌生的愛情，也可以表示熱愛某項事物。

例：

花(はな)ちゃんのこと、愛(あい)してるよ。

（小花，我愛妳。）**夫妻間的對話**

花(はな)ちゃんのこと、もちろん好(す)きだよ！

（我當然喜歡小花妳啊。）**情侶間的對話**

私(わたし)はこの村(むら)で暮(く)らすのが好(す)きだ。（我喜歡住在這個村莊。）

私(わたし)はこの村(むら)を愛(あい)してる。（我熱愛這個村莊。）**語氣更強烈**

比較：「気(き)に入(い)る」「恋(こい)する」有什麼不同？

「気(き)に入(い)る」：一般只用於表示「喜歡某東西」。

「恋(こい)する」：一般只用於表示「愛上某人」。

例：

○ このレストランのパスタが気に入(い)った。

（我很中意這間餐廳的義大利麵。）

X このレストランのパスタに恋(こい)した。

（我和這間餐廳的義大利麵墜入情網。）

○ 今回(こんかい)のこと、よくやってくれた。気に入(い)ったぞ！

（這次的事情幹得好，我欣賞你！）

X 今回(こんかい)のこと、よくやってくれた。恋(こい)したぞ！

（這次的事情幹得好，我愛上你了！）

	中文意思	使用對象	例句
愛する	愛	表示親情、或是夫妻之間的愛情	愛（あい）してるよ！ （我愛你）
好き	喜歡	能夠廣泛用於許多事物	（人名）のことが好（す）きだ。 （我喜歡～）
気に入る	中意 欣賞	多用於形容東西	気（き）に入（い）った！ （我欣賞！我中意！）
好む	喜好 偏好	用於表示興趣、嗜好	～の方（ほう）が好（この）む。 （我偏好～）
恋する	喜歡上～	一般只用於喜歡上某人時	（人名）に恋（こい）をした。 （我愛上～了）

20／「猫の首」是指「小貓的頭」、還是「小貓的脖子」呢？——令人困惑的「頭、首」用法

問題

請問日文「頭(あたま)」「首(くび)」有什麼不一樣呢？我一直以爲都是「頭部」的意思，不過後來發現有些情況下並不是二者通用的

○　頭(とう)を撫(な)でる　×首(くび)を撫(な)でる（摸頭）
×　頭(とう)になった　○首(くび)になった（被解雇）
犬(いぬ)の首(くび)≠犬(いぬ)の頭(あたま)

請問該如何理解這二項字彙的用法呢？

回覆

中文當中，「頭、首」都是「頭部」的意思，不過日文有些不太一樣，請直接往下看。

頭(あたま)：① 表示「頭部」。

頭（あたま）

例：

猫(ねこ)の頭(あたま)を撫(な)でたら、気持(きもち)よさそうに鳴(な)った。

（我摸了一下小貓的頭，牠叫了一聲、似乎很舒服。）

部長(ぶちょう)：お客様(きゃくさま)に頭(あたま)を下(さ)げてこい！

（部長：你給我去跟客戶低頭道歉！）

客様(きゃくさま)：いいえ、頭(あたま)を上(あ)げてください！

（客戶：不，請抬起頭來，不用道歉了！）

今朝(けさ)から頭(あたま)が痛(いた)くて、風邪(かぜ)をひいちゃったのかな。

（今天早上開始頭就很痛，該不會是感冒了吧。）

② 表示「頭腦、腦袋」之意。

例：

ゆーくんはとても頭(あたま)がよくて優(やさ)しい子(こ)だ。

（小裕是頭腦很好、很溫柔的孩子。）

少(すこ)しぐらい頭(あたま)を使(つか)って仕事(しごと)しなさい。

（你工作時稍微用點腦袋嘛。）

彼(かれ)は就職問題(しゅうしょくもんだい)で頭(あたま)を悩(なや)ませている。

（他為了找工作很傷腦筋。）

首：① 表示連接頭部和身體的地方，也就是「脖子」。也可以用在物品上面，表示連接下半部和上半部的區域。

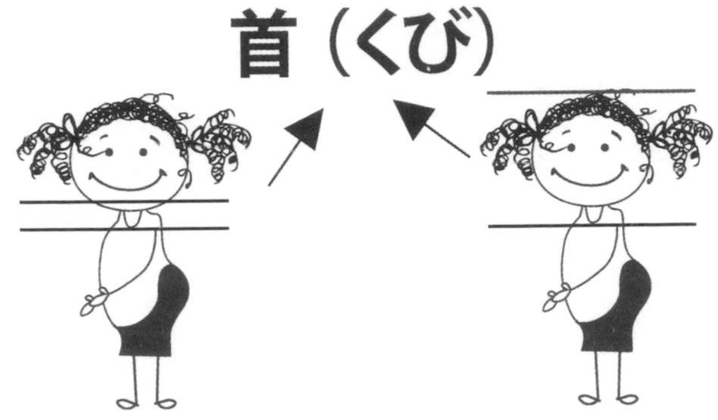

足首（脚踝）

手首（手腕）

琵琶の首（樂器琵琶的琴頭）

ツボの首（壺中間細細的地方）

首に首輪をつけた。（將項圈戴在小狗脖子上。）

彼は首を伸ばして、ステージを見ようとした。
（他伸長脖子、盯著舞臺上看。）

首を長くして待っている。（將脖子伸長等待，引頸期盼。）

首を洗って待て！（你洗好脖子等我！）

② 用於表示「脖子以上的部分」，慣用句多屬此用法

例：

首（くび）を突（つ）っ込（こ）む：

將頭和脖子伸進去，表示對某事一頭熱。

他人（たにん）の仕事（しごと）に首（くび）を突（つ）っ込（こ）むな。

（別去過度干涉別人的工作。）

首（くび）になった：

原本寫法為「首（くび）を切（き）る」，

脖子被砍掉了，表示裁員、解雇之意。

仕事（しごと）で重大（じゅうだい）なミスをして首（くび）になった。

（由於工作犯了嚴重錯誤而被解雇了。）

首（くび）をかしげる：

將脖子和頭部朝旁邊傾斜，表示感到疑惑、不知道的樣子。

先生（せんせい）に問題（もんだい）の正解（せいかい）を聞（き）かれて、私（わたし）は首（くび）をかしげた。

（老師問我正確答案是什麼，我實在是不知道。）

首（くび）が回（まわ）らない：

欠錢欠太多了，讓脖子轉不過來（無法周轉），比喻被債務壓

得喘不過氣。

友人の田中さんは借金で首が回らない状態だ。

（我的朋友田中，欠了很多錢快喘不過氣了。）

③ 表示搖頭和點頭的時候，也多會使用「首 振 」的說法。

例：

首を縦に振る。（點頭表示同意。）

首を横に振る。（搖頭表示不同意。）

	使用對象	例句
頭（あたま）	頭部	頭が痛い。（頭痛）
	頭腦	頭がいい。（頭腦很好）
首（くび）	脖子	首を伸ばす。（伸長脖子）
	泛指頸部以上區域	首を突っ込む。（對某件事一頭熱）
	物品中間細細的地方	ツボの首。（壺頸）

21／「バカ、アホ」究竟哪一種比較笨？——日文的罵人用語

問題

日文中罵人的話「ばか、あほ」意思有什麼不同呢？我常聽到男朋友有時會開玩笑說女朋友是「ばか」、不過幾乎沒聽過說「あほ」。另外，感覺日文中似乎沒有什麼罵人的髒話，這是眞的嗎？

回覆

日文中的「笨蛋」，有二種說法：
「ばか」
「あほ」

大家知道這二個字是怎麼來的嗎？
還有，爲什麼東京人被罵「あほ」、會比被罵「ばか」更生氣呢？

先解說一下「ばか」「あほ」的使用方式（笑）。

「ばか」較偏向日本關東地區的用法。
「あほ」較偏向日本關西地區的用法。

對東京人來說：「ばか」感覺較熟悉親近
對大阪人來說：「あほ」感覺較熟悉親近

實際上有什麼差別呢？

簡單來說，如果東京人的男朋友對女朋友說：「ばかだね～」那麼女生不太會生氣，反而會有甜蜜的感覺，相當於中文的「妳這個小笨蛋」，但是如果說「あほ」，那麼女生就可能眞的會生氣了，相反地，如果大阪人的男朋友對女朋友說：「あほや～」那麼女生不太會生氣，反而會有甜蜜的感覺，但是如果說「ばか」，那麼女生就眞的會生氣了，情況剛好相反。

回歸正題，這二個字是怎麼來的呢？
「ばか」：漢字爲「馬鹿」，源自「指鹿爲馬」成語，也就是秦朝末年趙高亂政的故事。

「あほ」：漢字寫作「阿呆」，原本發音是「あほう」，和「阿房宮（あぼうきゅう）」發音相似，源自秦始皇在阿房之地建了一座能容納萬人的宮殿，後來項羽攻入之後，大火連燒了三個月。因此，「阿房」＝「あほう」就用來指那些令人受不了的笨蛋愚者。

我們來介紹一下日文中「罵人的話」，不過並不是要各位讀者去罵人，而是萬一被別人罵的時候、我們也必須要聽得懂才行。

しね（去死）
じゃま（別擋路）
ちび（矮子）
まぬけ（蠢蛋）
ドジ（傻子）
ハゲ（禿子）

ブス（醜女）

デブ（肥豬）

のろま（慢吞吞）

カス（人渣）

きもい（好噁心）

うざい（煩死了）

消えろ（你最好消失）

めざわりだ（真礙眼）

最低（爛人）

最悪（爛到不行）

きたない（髒死了）

くそやろう（死混蛋）

だまれ（閉嘴）

うるさい（吵死了）

調子に乗るな（別得意忘形）

ふざけんな（開什麼玩笑）

何様のつもり？（你以為你是誰？）

仲間はずれ（我們不是朋友了）

絶交（絶交）

あっちいけ！（滾去其他地方！）

どっかいけ！（滾開！）

こっちくるな！（別過來！）

老師和父母絕對不能對孩子說的話：

ダメな子(こ)ね。（這孩子沒辦法了。）

そんなことも知(し)らないの？（你連這個都不知道嗎？）

どうしてできないの？（為什麼連這個都不會？）

無理(むり)だね。（看來你做不到。）

どうせだめだよ。（反正你一定不行。）

またやっちゃったの？（你又幹了什麼好事？）

要這樣對孩子和學生說：

ナイス（讚）

グッド（太好了）

ステキ（真棒）

ドンマイ（別在意）

すごいね（好厲害）

感激(かんげき)（真令人佩服）

さすがだね（真不愧是）

上手(じょうず)だね（真不錯）

一緒(いっしょ)にがんばろう（一起加油吧！）

がんばってるね（你很努力呢）

いいね（很好呢）

いいぞ（很好喔）

一緒(いっしょ)に考(かんが)えよう（我們一起想辦法吧）

やるじゃん（幹得很好嘛）

よくできました。（做得很好！）

よく頑張(がんば)りました。（你很努力呢！）

MP3 2-22

22/「科科笑」的日文該怎麼說呢？——各種笑聲的日文說法

請問日文的「笑聲」如何表示呢？像是中文有「哈哈笑、嬉嬉笑、呵呵笑、科科笑」，日文裡面也有這樣的區別嗎？另外，我在日本綜藝節目中看到一個字「愛想笑(あいそわら)い」，請問這又是什麼樣的笑呢？

回覆

日文和中文相同，都是以「狀聲詞」來表示笑聲，而且種類並不會比中文少喔！其實五十音的「はひふへほ」，都可以拿來表示笑聲：

あはは：張嘴大笑的樣子，「哈哈哈」。

ひひひ：有點裝傻的笑聲，「嬉嬉嬉」。

うふふ：掩著嘴巴笑的樣子，「呵呵」。

へへへ：不好意思或是諂媚的笑聲，「嘿嘿嘿」。

おほほほ：歐巴桑做作的笑聲，「唷呵呵呵」。

其他日文中的「笑聲」說法，常用的還有：

からから：男生爽朗的笑聲。

例：彼(かれ)はからからと爽(さわ)やかに笑(わら)った。

（他發出爽朗的笑聲。）

けらけら：表示開口大笑、沒有任何顧忌的樣子。

例：部長(ぶちょう)は私(わたし)の提案(ていあん)を聞(き)いてけらけらと笑(わら)った。

（部長聽了我的提案後哈哈大笑。）

きゃっきゃっ：女生或小孩聚在一起發出聲音的樣子。

例：公園(こうえん)できゃっきゃっ遊(あそ)んでいる子(こ)どもたちを見(み)た。

（在公園裡看到玩得很開心的小孩們。）

くすくす：偷笑、科科笑，可以想像成小丸子中野口的笑聲。

例：彼女(かのじょ)は俺(おれ)の顔(かお)を見(み)て、くすくす笑(わら)っている。
顔(かお)にご飯(はん)が付(つ)いているから。

（她看著我的臉偷笑，原來是因為我臉上沾到飯粒了。）

にこにこ：笑臉迎人的樣子。

例：彼女(かのじょ)はいつもにこにこしている。本当(ほんとう)に理想(りそう)な彼女(かのじょ)だな。

（她總是笑臉迎人，真是理想的女朋友啊。）

にたにた：臉上表現出厭惡的神情冷笑。

例：課長(かちょう)は彼(かれ)の遅刻(ちこく)の言(い)い訳(わけ)を聞(き)いて、にたにた笑(わら)っている。

（課長聽了他遲到的藉口，露出一絲冷笑。）

にやにや：奸笑的樣子。

例：隣(となり)に座(すわ)っている男性(だんせい)がにやにやしていて、気持(きも)ち悪(わる)い。

（坐在隔壁的男生露出不懷好意的笑容，好噁心。）

へらへら：傻笑。

例：何へらへら笑ってんだ？大事な話をしてるぞ！

（你在傻笑什麼？現在正在說重要的事耶！）

ふふん：看不起對方時的笑聲。

例：ふふん、そんなこともできないか。だめな人だな！

（哼，連這種事都做不到嗎？真是沒用的人啊。）

接著是日文中「笑容」的說法，有些和中文非常相似，很容易理解。

微笑む：臉上露出微笑。

例：彼女はうれしそうに私に微笑んだ。

（她很高興地向我微笑。）

満面の笑み：笑得很開心的樣子。

例：妹は満面の笑みを浮かべながら、こっちに手を振った。

（妹妹臉上堆滿笑容，朝我這裡揮手。）

薄笑い：嘴邊浮出的淺淺微笑，多用在看輕別人或不好的情況。

例：社長は私達の企画書を見て、顔に薄笑いを浮かべた。

（社長看了我們的企劃書，臉上浮現了淺淺的微笑。）

大笑い：張嘴大笑，笑到不行。

例：同僚の笑い話を聞いて、みんな大笑いした。

（聽了同事的笑話，大家都笑到不行。）

爆笑（ばくしょう）：和中文意思相同，令人發笑。

例：自分（じぶん）の彼女（かのじょ）を見間違（みまちが）えるなんて、ホントに爆笑（ばくしょう）だな。

（竟然會認錯自己的女朋友，真是太爆笑了。）

愛想笑（あいそわら）い：不是出自真心的笑容，裝出來的笑容。

例：あれは愛想笑（あいそわら）いだ。あの店員（てんいん）は本当（ほんとう）は不機嫌（ふきげん）でしょうね。

（那是裝出來的笑容，那個店員其實心裡很不爽。）

照（て）れ笑（わら）い：不好意思地笑、難為情地笑。

例：彼女（かのじょ）は同僚（どうりょう）の質問（しつもん）に照（て）れ笑（わら）いをしてごまかした。

（對於同事的問題，她不好意思地笑笑帶過。）

苦笑（にがわら）い：苦笑，覺得情況難以應付時的笑容。

例：お客様（きゃくさま）の厳（きび）しい質問（しつもん）に、彼（かれ）は苦笑（にがわら）いしながら答（こた）えた。

（對於客戶的嚴厲質問，他一邊苦笑一邊回答。）

23/「料理のさしすせそ」是什麼？——日語中的有趣略語

我在日本料理節目中看到廚師介紹「料理(りょうり)のさしすせそ」，分別代表日本料理中的五種不同調味料：砂糖(さとう)、塩(しお)、お酢(す)、醤油(しょうゆ)、味噌(みそ)，覺得很有趣、也很快就記住單字了，不曉得日文中還有沒有類似的「省略用語」呢？

回覆

	日文	中文
さ	砂糖(さとう)	糖
し	塩(しお)	鹽
す	お酢(す)	醋
せ	しょう油(ゆ)	醬油
そ	味噌(みそ)	味噌

您提到的「料理(りょうり)のさしすせそ」：砂糖(さとう)、塩(しお)、お酢(す)、醤油(しょうゆ)、味噌(みそ)

除了表示五種不同調味料之外，同時也是做菜時放入的先後順序喔！由於甜味不容易滲透進食物中，因此先放砂糖，爲了不破壞食材味道，而將口味最重的醬油和味噌最後放。

其他有趣的略語還有：

稱讚他人的「さしすせそ」

	日文	中文
さ	さすが！／最高(さいこう)！	好厲害／好強
し	親切(しんせつ)ですね！／信頼(しんらい)しています。	你真親切／我很信任你
す	すごい！／すばらしい！	好棒／太棒了
せ	センスがいい！	真有品味
そ	尊敬(そんけい)します！／その通(とお)りですね！	我很佩服你／你說得沒錯

字彙 2-23

贏得好人緣的「さしすせそ」：

	日文	中文
さ	さすがですね！	真不愧是！
し	知らなかったです！	我還真的不知道呢！
す	すごいですね！	好厲害！
せ	センスいいですね！	你真有品味啊！
そ	そうなんですか！	是這樣啊～！

聊天的話題「きどにたてかけし衣食住（いしょくじゅう）」：

可以用「木戸（きど）に立（た）て掛（か）けし衣食住（いしょくじゅう）」來記憶，聊天時想不到話題嗎？從這裡找就可以了。

	日文	中文
き	気候（きこう）	天氣
ど	道楽（どうらく）、趣味（しゅみ）	興趣嗜好
に	ニュース	新聞
た	旅（たび）	旅行
て	テレビ	電視節目
か	家庭（かてい）	家庭
け	健康（けんこう）	保健
し	仕事（しごと）	工作
衣	洋服（ようふく）	服飾
食	食（た）べ物（もの）	美食
住	住（す）む	居家

另外，日文「動詞」也有略語，其中許多更是源自「英文」的外來語，一起來看看吧！

	日文原句	中文
事故る	交通事故が起こる	發生交通事故
コピる	コピーする	影印
コクる	好きな人に告白する	告白
マクる	マクドナルドに行く	去麥當勞
スタバる	スターバックスに行く	去星巴克
ググる	Web 検索をする	在網路上搜尋
サボる	怠けて休む	偷懶
メモる	メモをとる	做筆記
ダブる	同じ事物が２つ重なる	重覆、時間衝到
トラブる	もめ事が起きる、故障する	發生麻煩事、故障
キレる	突然怒ったりする	生氣發飆
ナビる	ナビゲートをする。導いてくれる	導航
パクる	他人の文章などを盗作する	抄襲
バグる	コンピューターが誤動作を起こす	電腦當機
ミスる	ミスを犯す。失敗する	出包
ボコる	ぼこぼこに殴る	揍得滿頭包

各位在日本新聞報紙中，是不是曾經看過「米」「豪」「独」這樣的國名稱呼方式呢？這也是省略用語的一種，由於日文的國家名稱多以外來語片假名表示、字數太多，因此在報紙雜誌上，爲了節省版面，會使用這種「一個漢字」的方式來表示。

日文一般寫法	日文正式漢字寫法	日文漢字縮寫
台湾		台
アイスランド	氷島	氷
アジア	亜細亜	亜
アメリカ	米国	米
イギリス	英国	英
イタリア	伊太利	伊
インド	印度	印
オーストラリア	豪州	豪
オーストリア	墺太利	墺
オランダ	和蘭	蘭
カナダ	加国	加
ギリシャ	希臘	希
スペイン	西班牙	西
ドイツ	独国	独
ニュージーランド	新西蘭	新
ノルウェー	諾威	諾
フランス	仏国	仏
ベルギー	白耳義	白
ポルトガル	葡萄牙	葡
ヨーロッパ	欧州	欧
ロシア	露国	露

24/「雨停了」該用「やめる」？「とめる」？——表示「停止」的不同字詞

請問表示「停止～」之意的「やめる、とめる」有什麼不一樣呢？有一次朋友吵架，我說「喧嘩(けんか)をとめてください（別吵架了）」，結果吵架雙方同時用狐疑的眼神看我，後來我才知道用錯了，要用「やめてください」，不過究竟有哪裡不一樣呢？還有，如果是「雨停了」要用哪一個才對呢？

回覆

首先，「雨停了」不能用「やめる、とめる」，要說成「雨(あめ)が止(や)む」，這三個動詞意見很相近，不同的地方在於：

やめる：停止自己的動作。

とめる：制止對方、或讓某物停下來。

やむ：表示自然現象。

還是不太懂嗎？我們用例句來講解：

やめる：表示「停止自己目前的動作或狀態」，相當於中文的「停止與取消」。

旅行に行くのをやめる。

例：

子どものために、タバコをやめることにした。
（為了孩子著想，我決定不再吸菸了。）

お正月の航空券がなかなか取れないから、海外旅行をやめた。
（由於一直買不到過年的機票，因此我取消了國外旅行。）

チビとかバカとか、そういう言い方、やめたほうがいいぞ。
（小不點、笨蛋之類的話，還是不要說比較好喔。）

部長が入ってくるのを見て、彼女は急に話をやめた。
（她看到部長進來後，馬上就不說話了。）

いつか会社をやめて、デザイナーとして独立したい。
（我想要辭職，以設計師的身份獨立創業。）

とめる：相當於「制止」之意，表示強行停止別人動作，或是使用力量讓某物體停下來。

旅行に行くのをとめる。

例：

先生は生徒が同級生をいじめるのをとめた。

（老師制止了同學間的霸凌行為。）

社長に反論しようとするが、部長に止められた。

（本來打算反駁社長，但是卻被部長制止了。）

前に並んでいる生徒が手を挙げて、バスをとめた。

（排在前方的學生舉起手，公車停了下來。）

すみません、前の交差点で止めてください。

（不好意思，請停在前面的十字路口。）

家に車をとめる場所がないから、月極駐車場を借りている。

（家裡沒有停車位，所以租了月租式停車場。）

やむ：一般用於表示「自然現象」或「群衆行為」這種無法由自己力量控制的情況。

雨がやむ。

例：

挫けないでください。雨がやんだら、虹が見えるから。
（別感到挫折，雨停了之後就會看見彩虹。）

台風で一晩中強い風が吹き続けていたが、
もうやんでいるらしい。
（由於颱風的關係，強風吹了一整晚，現在好像已經停了。）

隣の部屋からの音楽が、夜中３時になってやっとやんだ。
（隔壁房間的音樂聲，到了半夜三點終於停止了。）

昨夜地震が起きたけど、すぐにやんだ。
（昨晚發生地震，不過立刻就停了。）

演奏が終わったあとも、会場はアンコールを求める拍手がやまなかった。

（即使演奏結束了，會場要求安可的拍手聲還是沒有停止。）

我們使用類似例句來比較一下不同之處：

例：

（母は私が）出かけるのをとめた。

（媽媽制止我、不讓我出門。）

（私は）出かけるのをやめた。

（我不出門了。）

もう喧嘩するのをやめろよ。

（你們別再打架了啦！）

彼らは喧嘩してる！ちょっと止めてくれ！

（他們在打架，你快去制止他們！）

無駄だよ。俺が止めても、喧嘩をやめるはずがない。

（沒用的，即使我去制止，他們也不會停止打鬥。）

三十分経っても、騒ぎがやまない。

（經過了三十分鐘，打架還是沒結束。）

25/「穿く、履く、着る」穿褲子的時候該用哪個？
—— 衣著飾品相關用語

請問穿衣服和穿褲子的「穿」，在日文當中是不是不一樣呢？還有「戴帽子」、「戴眼鏡」、「戴項鍊」、「戴戒指」的「戴」，似乎也是用不同的動詞來表示，可以請老師解說這部分關於「穿著」的用法嗎？真是快被搞瘋了！

回覆

在中文當中，「穿著」的說法很單純，一般只用「穿」和「戴」，穿衣服穿褲子穿鞋子、戴戒指戴帽子，不過在日文當中，說法可不太一樣喔！

① 腿部穿的褲子裙子類，使用「穿く」：

ジーパンを穿く（穿牛仔褲）

ズボンを穿く（穿長褲）

スカートを穿く（穿裙子）

② 穿鞋子和襪子時，使用「履く」：

靴を履く（穿鞋子）

靴下を履く（穿襪子）

ハイヒールを履く（穿高跟鞋）

ブーツを履く（穿靴子）

ストッキングを履く（穿褲襪）

③ 上半身穿的衣物，使用「着る」：

ワンピースを着る（穿洋裝）

ポロシャツを着る（穿ＰＯＬＯ杉）

着物を着る（穿和服）

ジャケットを着る（穿外套）

スーツを着る（穿西裝）

セーターを着る（穿毛衣）

コートを着る（穿大衣）

④ 帽子會用「かぶる」：

帽子（ぼうし）をかぶる（戴帽子）

キャップをかぶる（戴鴨舌帽）

⑤ ベルト（皮帶）、靴(くつ)ひも（鞋帶）會用「しめる」。

ベルトをしめる（繫皮帶）

飾品配件的說法各自不同，不過如果覺得很難記的話，那麼都使用「する」也是ＯＫ的。

① 使用「つける」的情況

例：

腕時計（うでどけい）をつける（戴手錶）

ネックレスをつける（戴項鍊）

コンタクトレンズをつける（戴隱形眼鏡）

手袋（てぶくろ）をつける（戴手套）

② 戒指用「はめる」：

例：指輪(ゆびわ)をはめる（戴戒指）

③ 眼鏡用「かける」：

例：めがねをかける（戴眼鏡）

④ 圍巾用「巻(ま)く」：

例：マフラーを巻(ま)く（戴圍巾）

⑤ 也可以索性都用「する」，還是聽得懂、不算錯誤。

例：

大(おお)きいめがねをするのが流行(はや)っているみたいです。
（最近似乎流行戴大大的眼鏡。）

会社(かいしゃ)に入(はい)ってから、腕時計(うでどけい)をするようにしている。
（進公司工作後，我都儘可能隨時戴著手錶。）

左手(ひだりて)の薬指(くすりゆび)に婚約指輪(こんやくゆびわ)をする意味(いみ)、知(し)っていますか？
（你知道為什麼結婚戒指要戴在左手無名指嗎？）

上衣類	着(き)る
褲子裙子類	穿(は)く
鞋襪類	履(は)く
飾品類	講法各自不同，一般可以用「する」
帽子	かぶる
皮帶、鞋帶	しめる

MEMO

MEMO

MEMO

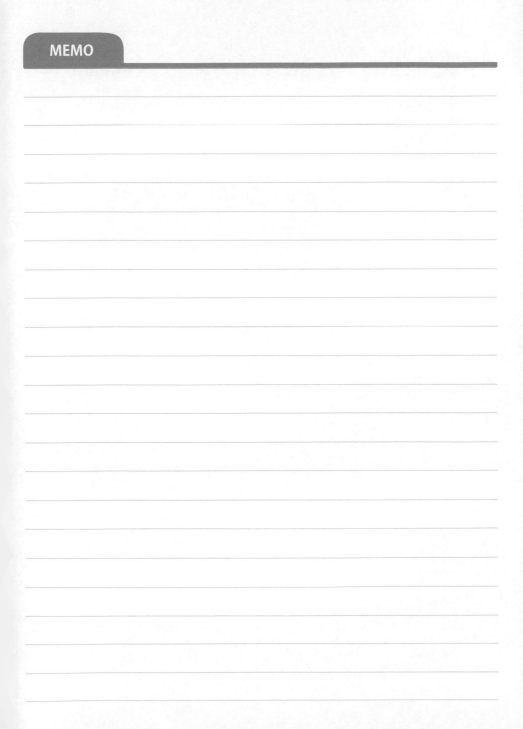

LEARN 系列 20

音速老師教你一口氣解決 50 項日文難題（附朗讀 MP3）

作　　者－朱育賢（Kenc）
主　　編－陳信宏
編　　輯
責任企畫－蔡欣育
校　　對－闕寧
美術設計－蕭苡菲

總 編 輯－余宜芳
發 行 人－趙政岷
出 版 者－時報文化出版企業股份有限公司
10803 臺北市和平西路三段 240 號 3 F
發行專線－（02）2306 － 6842
讀者服務專線－ 0800 － 231 － 705．（02）2304 － 7103
讀者服務傳眞－（02）2304 － 6858
郵撥　－ 19344724 時報文化出版公司
信箱　－臺北郵政 79~99 信箱
時報悅讀網－ http://www.readingtimes.com.tw
電子郵件信箱－ newlife@readingtimes.com.tw
時報出版愛讀者臉書－ http://www.facebook.com/readingtimes.2
法律顧問－理律法律事務所 陳長文律師、李念祖律師
印　　刷－盈昌印刷有限公司
初版一刷－ 2014 年 4 月 11 日
初版四刷－ 2018 年 2 月 9 日
定　　價－新臺幣 330 元

時報文化出版公司成立於一九七五年，
並於一九九九年股票上櫃公開發行，於二〇〇八年脫離中時集團非屬旺中，
以「尊重智慧與創意的文化事業」爲信念。

音速老師教你一口氣解決 50 項日文難題（附朗讀 MP3）／朱育賢（Kenc）著．
－初版．－臺北市：時報文化，2014.04
面；　公分．－（Learn 系列；020）
ISBN 978-957-13-5939-7（平裝附光碟片）
1. 日語 2. 語法 3. 詞彙
803.16　　103005705